Gottfried von Straßburg

Die Geschichte der Liebe
von Tristan und Isolde

Gottfried von Straßburg

Die Geschichte der Liebe von Tristan und Isolde

Aus dem Mittelhochdeutschen
übertragen und ausgewählt
von Dieter Kühn

Philipp Reclam jun. Stuttgart

Umschlagabbildung:
Miniatur aus einer französischen *Tristan*-Handschrift
(15. Jh.), Wien, Cod. Vind. Nr. 2537

RECLAMS UNIVERSAL-BIBLIOTHEK Nr. 4474

Lizenzausgabe mit freundlicher Genehmigung
der S. Fischer Verlag GmbH, Frankfurt am Main
Auswahl aus: Dieter Kühn, *Tristan und Isolde
des Gottfried von Straßburg*

Erste Auflage dieser Ausgabe 1998
Gesamtherstellung: Reclam, Ditzingen. Printed in Germany 2007
RECLAM, UNIVERSAL-BIBLIOTHEK und
RECLAMS UNIVERSAL-BIBLIOTHEK sind eingetragene Marken
der Philipp Reclam jun. GmbH & Co., Stuttgart
ISBN 978-3-15-004474-2

www.reclam.de

Die Geschichte der Liebe von Tristan und Isolde

Gottfried, aus Straßburg, intoniert im ersten Jahrzehnt des dreizehnten Jahrhunderts eine Erzähl-Ouvertüre von großem Sprachklang, selbstbewußt und souverän. Erst einmal äußert er sich in eigener Sache: Ein gutes Werk, auch das der Literatur, soll angemessen gefeiert und gefördert werden. Dann eine Absichtserklärung: Der hohen Welt seines Publikums will er unterhaltend und belehrend die Geschichte einer leidenschaftlichen Liebe erzählen. Anschließend erörtert er die Quellenfrage, begründet seine Entscheidung für die Vorlage seiner Nachdichtung, den Tristan-Roman des Thomas aus der Britannie.

Und Gottfried beginnt mit der Vorgeschichte, erzählt von Tristans Eltern. Riwalon, ein sehr junger Herrscher von Parmenien (irgendwo am Ärmelkanal), führt erfolgreich einen Krieg gegen Morgan aus Irland. Danach geht er auf Reisen, kommt zur Burg Tintagel an der Küste Cornwalls. Burg- und Landesherr Marke gibt ein großes Maifest. Und hier lernt Riwalon die schöne Blanchefleur kennen, die »weiße Blume«. Rasch entwickelt sich eine intensive Liebesbeziehung, die viel von Tristans Liebe zu Isolde vorwegnimmt und vorformuliert. Hier beginnt denn auch in dieser Textauswahl die Geschichte einer Liebe.

Nun ward die Festlichkeit geplant,
angekündigt, anberaumt
für den Monat in der Blüte,
und zwar: sobald der süße Mai
beginnt, bis hin zu seinem Ende,
und dies so nah bei Burg Tintagel,

daß man sich gegenseitig sah
auf derart schöner Aue,
wie sie zuvor und wie sie später
kein Augenlicht je überstrahlte.
Die sanfte, süße Sommerszeit,
sie hatte süße Geschäftigkeit
für sie entwickelt, süß im Eifer.
Die kleinen Vögelchen des Waldes,
die jedes Ohr erfreuen müssen,
Blumen, Gräser, Blätter, Blüten,
und was sonst dem Auge schmeichelt,
was nobles Herz begeistern muß –
es füllte diese Sommeraue.
Was immer man vom Mai erwartet,
man fand dort, was man suchte:
den Schatten und das Sonnenlicht,
die Linden an der Quelle,
die milden, linden Lüftchen,
die der Hofgesellschaft Markes
im Wesen ganz entgegenkamen.
Die lichten Blumen lachten
hervor aus dem betauten Gras.
Der Freund des Mai, der grüne Rasen,
hatte sich ein Sommerkleid
aus Blüten angelegt, so schönen,
daß sie den beglückten Gästen
die Augen glänzen ließen.
Die süße Baumesblüte schaute jeden
mit derart süßem Lächeln an,
daß das Herz und das Gemüt
mit Augen, die erstrahlten,
das Blütenlächeln spiegelten
und mit Lächeln Antwort gaben.
Der zarte Sang der Vögel,

der süße, der schöne,
der für Ohren und Gemüt
stets die reinste Wohltat ist,
erscholl dort auf dem Berg, im Tal.
Die Nachtigall, die herrliche,
dies liebe, süße Vögelchen
(es bleibe auch in Zukunft süß!),
die sang dort aus der Blüte
mit einem solchen Überschwang,
daß so manches noble Herz
freudig wurde, hochgestimmt.
  Es hatte diese Hofgesellschaft
in einem wahren Freudentaumel
Hütten gebaut auf grünem Gras –
ein jeder so, wie er das wollte.
Und jeder lag so, wie das seinem
Wunsch auf Lustbarkeit entsprach:
die Herren lagerten herrschaftlich;
wer höfisch war, im Stil des Hofes;
diese lagen unter Seidenplanen,
jene – woanders – unter Blüten;
die Linde war ein Dach für viele,
und viele sah man gut behüttet
unter Ästen, frischem Laub.
Hofstaat oder Herrengäste
hatten anderswo noch nie
so herrlich Unterkunft gefunden.
Auch fand man dort in Überfülle
(wie das auf Festen üblich ist)
Speisen, noble Kleidungsstücke,
die ein jeder, nach Belieben,
dorthin mitgenommen hatte.
Marke versorgte sie zudem
mit so verschwenderischem Aufwand,

daß sie herrlich und in Freuden
lebten, und sehr glücklich waren.
Und so begann das große Fest!
Worauf ein Mann, der gern was sah,
Lust bekam, es anzuschaun,
das bot sich ihm hier reichlich an –
man sah hier, was man sehen wollte:
die zogen los zum Damengucken,
andre wollten Tänze sehn;
die sahen Reiterspielen zu,
andre wieder Lanzenkämpfen.
Welche Wünsche man auch hegte –
man fand hier alles reichlich vor.
Kurz: sie alle, die dort waren,
in ihren allerbesten Jahren,
verschafften sich im Wettbewerb
Lustbarkeiten auf dem Fest.
Und Marke, dieser edle Mann,
der höfisch feine, hochgestimmte,
er hatte viele schöne Damen
einbezogen in den Kreis,
er hatte außerdem, apart,
ein Wunder ganz besondrer Art:
seine Schwester Blanchefleur –
ein Mädchen von so großer Schönheit,
wie man sie nie gesehen hatte.
Von ihrer Schönheit hören wir,
daß sie kein Mann aus Fleisch und Blut
mit seinen Herzensaugen sah,
der Frauen und Vollkommenheit
künftig nicht noch stärker liebte.
Diese wahre Augenweide
machte auf dem offnen Land
viele Männer keck und kühn,

stimmte noble Herzen hoch.
Es gab in dieser Aue
noch viele schöne Damen,
deren jede in der Schönheit
königlichen Rang besaß;
alle Männer, die dort waren,
beschenkten sie mit Glück und Freude;
sie stimmten viele Herzen froh.
Indes begannen Reiterspiele
des Hofstaats und von Herrengästen;
die Vornehmsten und Besten
ritten her, von hier, von da.
Auch war der edle Marke dort
und sein Gefährte Riwalon –
abgesehn von weitrem Hofstaat:
sie alle strengten sich sehr an,
sich dort *so* hervorzutun,
daß sie von sich reden machten
und großes Lob erhielten.
Man sah an diesem Sammelpunkt
viele Rösser, gut bedeckt
mit Prunk- und Zindelseide:
Schabracken weiß wie Schnee,
gelb, grün, rot, blau, violett –
andre sah man anderswo
aus feiner Seide schön gewirkt;
und andre waren kombiniert
in je zwei Farben, in Kontrasten,
unterschiedlich embelliert.
Die Herren Ritter trugen Roben
von wirklich staunenswerter Pracht,
hier aufgeschlitzt, dort unterlegt.
Und der Sommer führte vor,
daß er auf Seiten Markes war:

aus Blumen sah man in der Schar
so manchen hübschen lütten Kopfschmuck,
als Tribut, an ihn entrichtet . . .
In dieser schönen Sommerfülle
begannen schöne Ritterspiele:
Scharen keilten sich in Scharen,
drängten sich nach hier, nach dort;
das setzte sich so lange fort,
bis sich der Gruppenkampf zuletzt
dorthin verschob, wo Blanchefleur,
die edle, dieses Weltenwunder,
mit vielen andren schönen Damen
saß, um sich das anzuschaun.
Die Reiter waren derart prächtig,
waren derart majestätisch,
daß viele Augen dies gern sahn.
Was immer man dabei vollbrachte –
es war der Hofmann Riwalon
(es konnte gar nicht anders sein!),
der diesen Tag auf diesem Kampfplatz
sie alle glanzvoll übertraf!
Er fiel damit den Damen auf;
sie erklärten, in der Schar
zeige keiner solchen Stil
als Ritter, solch Geschick beim Reiten –
alles priesen sie an ihm.
»Schaut!« so riefen sie, »der Jüngling
ist eine herrliche Erscheinung!
Alles, was er dort vollbringt –
wie herrlich paßt es zu dem Mann!
Sein Körper ist ein wahrer Traum!
Seine Beine: majestätisch,
in der Bewegung so harmonisch!
Und sein Schild bleibt unverrückt

an seinem Platz – wie angeleimt!
Wie liegt der Schaft in seiner Hand!
Wie gut sieht seine Rüstung aus!
Wie schön sein Kopf und die Frisur!
Wie elegant ist sein Verhalten!
Wie herrlich sieht sein Körper aus!
Wie herrlich lebt doch eine Frau,
die ein solcher Mann beglückt!«
Was sie alle riefen, hörte
die edle Blanchefleur;
auch sie verlieh nun diesem Mann
(was immer auch die andren taten)
in ihrem Herzen hohen Rang.
Sie hatte ihn ins Herz geschlossen,
er kam ihr nicht mehr aus dem Sinn.
In ihres Herzens Königreich
trug er mit voller Herrschermacht
das Zepter und die Krone.
Freilich hielt sie das geheim –
so dezent und so diskret,
daß niemand es bemerkte.
  Als Schluß war mit dem Reiterspiel,
die Ritter auseinanderrückten,
und jeder wandte sich dorthin,
wohin ihn seine Stimmung führte,
da geschah es, *par hasard*,
daß Riwalon sich dahin wandte,
wo Blanchefleur, die Schöne, saß;
sogleich galoppierte er näher hin;
als er sie sah, von Angesicht,
sprach er mit großer Freundlichkeit:
»Ah, Dieu vous garde, ma belle!«
  »Merci«, disait la fille
und weiter, recht befangen:

»Gott in Seiner reichen Macht,
Der allen Herzen Reichtum gibt,
beschenk Euch reich, in Herz und Geist.
Und: großes Kompliment für Euch!
Jedoch, dies schmälert nicht mein Recht,
mit dem ich Euch zur Rede stelle.«
»Ach, Schöne, was hab ich getan?!«
fragte Riwalon, der Höfling.
»Ihr habt mir über einen Freund
(den besten, den ich je gefunden)«,
sprach sie, »reichlich zugesetzt.«
»Du lieber Gott«, so dachte er,
»was heißt das nun? Auf welche Weise
hab ich mir ihre Gunst verscherzt?
Was wirft sie mir denn vor?«
Und er dachte sich, er hätte
irgendeinem der Verwandten
im Rittertreiben eins verpaßt
(wenn auch ohne jede Absicht),
und deshalb wär ihr Herz betrübt,
wär sie schlecht auf ihn zu sprechen.
Nein, der Freund, den sie erwähnte,
der war ihr Herz, das wegen ihm
diesen Kummer leiden mußte –
das war der Freund, von dem sie sprach!
Nur wußte er davon noch nichts.
Wie es seinem Stil entsprach,
sagte er zu ihr sehr freundlich:
»Schöne Frau, ich möchte nicht,
daß Ihr mir zürnt, mir Böses wünscht.
Doch trifft es zu, was Ihr mir sagt,
sprecht selbst das Urteil über mich.
Ich mach es gut, wie Ihrs befehlt.«
Die Schöne: »Wegen dieses Vorfalls

kann ich Euch nicht furchtbar hassen,
kann Euch deshalb auch nicht lieben.
Doch finde ich bei Euch noch raus,
wie Ihr mir Buße leisten sollt
für das, was Ihr mir angetan.«
Verbeugung, und er wollte gehn,
doch seufzte ihn die Schöne an
(sehr dezent!) und sagte ihm
aus tiefstem Herzen: »Ach,
lieber Freund, Gott segne dich.«
Und jetzt erst fing es damit an,
daß beide aneinander dachten.
  Canèl-Angrès entfernte sich
mit mancherlei Gedanken,
er dachte sich so mancherlei:
Was Blanchefleur bedrücken,
was dahinterstecken könnte.
Er dachte an den Gruß, die Worte,
durchdachte, Punkt für Punkt,
ihr Seufzen, Segnen, ihr Verhalten,
begann im weiteren Verlauf,
ihr Seufzen, ihren süßen Segen
in Richtung Liebe auszulegen;
er faßte ernstlich den Gedanken,
der Grund fürs eine wie das andre
liege einzig in der Liebe.
Und dies entflammte seine Sinne:
sie versetzten sich zurück
und ergriffen Blanchefleur
und entführten sie sogleich
ins Herzensreich von Riwalon
und vollzogen dort die Krönung
zu seiner Königin.
Ja, Blanchefleur und Riwalon,

die schöne Königin, der König,
sie teilten sich die Königreiche
ihrer Herzen sehr gerecht –
das ihre fiel an Riwalon,
und seines fiel dafür an sie.
Doch wußte keiner von den beiden,
was im anderen geschah.
Einmütig und in *einem* Sinne
hatten sie einander
angenommen in Gedanken.
Recht geschah, was Rechtens war:
sie wuchs auch ihm ans Herz
mit jenem gleichen Schmerz,
den *sie* nun seinetwegen erlitt.
Doch weil er über ihre Absicht
keine Klarheit finden konnte
(wie sie sich verhalten hatte,
ob aus Feindschaft, ob aus Liebe),
ließ das alle seine Sinne
durch Zweifel schwankend werden.
Und in Gedanken war er ihr
einmal fern und einmal nah:
er wollte weg, auf jeden Fall,
und wollte gleich drauf wieder hin,
bis er sich ganz und gar verfing
in den Schlingen seines Denkens,
und er kam nicht mehr von ihr los.

Riwalon, gedankenschwer,
machte durch sein Beispiel deutlich,
daß des Liebenden Gemüt
einem freien Vogel gleicht,
der im Vollbesitz der Freiheit
auf leimbestrichner Rute landet.
Bemerkt er dann den Vogelleim

und schwingt sich auf, ihm zu entfliehn,
so klebt er mit den Füßen fest;
nun will er flügelschlagend fort,
doch wenn er (sei es noch so flüchtig!)
mit Flügeln an die Rute kommt,
so bleibt er an ihr kleben, haften;
mit aller Kraft reißt er die Flügel
hier los, da los, wieder hier,
bis er sich schließlich ganz und gar
mit seinem Kämpfen selbst besiegt
und auf dem Leim der Rute liegt.
Genau auf diese Art verhält sich
das Gemüt, noch ungebunden:
sobald es in Sehnsucht zu denken beginnt
und Liebe an ihm das Wunder vollbringt
mit aller Qual der Leidenschaft,
so will der heftig Liebende
zurück zur Ungebundenheit,
jedoch er geht der süßen Lockung
der Liebe wieder auf den Leim;
darin verfängt er sich so sehr,
daß er sich weder so noch so
aufrecht halten kann.
  So erging es Riwalon;
er verfing sich ebenfalls
mit dem Denken in der Liebe
zu seiner Herzenskönigin.
Dies Verfangen brachte ihn
in kuriose *duperie*,
wußte er doch nicht, ob sie
ihm feindlich, ihm gewogen war;
er fand nicht dies, nicht das heraus:
ob sie ihn liebte oder haßte.
Ob er hoffend, zweifelnd dachte:

kam ihr nicht nah, nicht von ihr los.
Hoffnung, Zweifel ließen ihn
ständig zwischen beidem schwanken.
Ihm sagte Hoffnung Liebe zu
und Zweifel Haß. Im Widerstreit
konnte er mit festem Glauben
auf keine dieser beiden bauen:
nicht auf Feindschaft, nicht auf Liebe.
Es war ein Driften von Gefühlen
in einem gar nicht sichren Hafen:
Hoffnung trieb rein und Zweifel raus!
In beiden fand er keinen Halt,
sie stimmten niemals überein.
Kam Zweifel auf und sagte ihm,
ihn hasse seine Blanchefleur,
so ward er mutlos, wollte fort;
doch gleich kam Hoffnung, brachte ihm
ihre Liebe, süßen Wahn –
schon mußte er erneut verharren.
Bei diesem Kampf: wohin mit sich?
Er wußte weder ein noch aus.
Je stärker er sich von ihr losriß,
desto mehr zwang Liebe zurück;
je entschiedner er dort floh,
desto mehr zog Liebe zurück.
So sprang die Liebe mit ihm um,
bis Hoffnung doch den Sieg errang
und er den Zweifel ganz vertrieb
und Riwalon Gewißheit fand,
daß seine Blanchefleur ihn liebe.
Sein Herz und sein Verstand, sie waren
gemeinsam fest auf sie gerichtet,
dagegen ließ sich nicht mehr kämpfen.
Auch wenn die süße Liebe nun

sein Herz und seinen Kopf
ganz ihrem Willen unterwarf –
ihm war noch der Gedanke fremd,
es könne eine Herzensliebe
zu einer Last von Leiden werden.
Als er sein *événement*
mit seiner Blanchefleur
von Anfang an durchdachte,
sich alles recht vor Augen führte:
ihr Haar, die Stirn, die Schläfen,
die Wangen, Lippen und ihr Kinn,
den österlichen Tag der Freude,
den, lachend, ihre Augen zeigten,
da kam die LIEBE höchstpersönlich,
die wahre Feuerlegerin,
und fachte an ihr Liebesfeuer,
das Feuer, das sein Herz entflammte,
das ihm, in diesem Augenblick,
offenkundig werden ließ,
was eine Last aus Leiden sei,
was die Qual der Leidenschaft.
Er begann ein neues Leben,
ein zweites Leben ward ihm gegeben,
und er veränderte damit
sein Denken, sein Verhalten,
ward ein völlig andrer Mann,
denn alles, was er nun begann,
war mit befremdlichem Verhalten,
war mit Blindheit untermischt.
Seine angebornen Sinne,
sie wurden durch die Liebe
so unbeständig, ungezügelt,
wie er sich das *selbst* gewünscht!
Sein Leben trübte sich nun ein:

aus vollem Herzen lachen
(was früher bei ihm üblich war),
dem entsagte er nun ganz!
Die Höhepunkte seines Lebens
wurden Schweigen und Betrübnis;
seine ganze Fröhlichkeit
verging im Schmerz der Leidenschaft.
Sein Fall von Leidenschaft verschonte
nicht Blanchefleur mit Leidenschaft!
Sie litt durch ihn die gleiche Qual,
wie er sie durch sie erlitt;
die LIEBE, die Tyrannin,
war ebenfalls in ihre Sinne
etwas stürmisch eingedrungen
und hatte ihr den größten Teil
der Ausgewogenheit geraubt!
Sie war in ihrem ganzen Verhalten
nicht mehr in gewohntem Einklang
mit sich selbst und mit der Welt.
Freude, die sie sich gegönnt,
Kurzweil, die zu ihr gepaßt:
dies alles widerstrebte ihr.
Ihr Leben fand nur noch die Form,
die ihrem Leiden ganz entsprach,
das ihrem Herzen nahelag.
Bei allem, was sie nun erlitt –
in ihrer Qual der Leidenschaft –
sie wußte nicht, was sie verstörte,
sie hatte nie zuvor erlebt,
was solche Last von Leiden sei
und solcher Herzenskummer.
Häufig sprach sie mit sich selbst:
»Ach, Gott der Herr, wie lebe ich?!
Was ist denn bloß mit mir geschehn?

Ich hab so manchen Mann gesehn,
von dem mir nie ein Leid geschah,
doch seit ich *diesen* Mann erblickt,
fühlte sich mein Herz nicht mehr
so frei, so froh wie ehedem.
Der Blick, den ich auf ihn gerichtet –
dieser Vorfall brachte mir
das Leiden ein, das mich bedrückt.
Mein Herz, das solche Qual nie litt,
es wurde nun damit gebrochen;
im Gemüt, in meinem Leben
wurde alles völlig anders.
Soll mit einer jeden Frau,
die ihn hört und die ihn sieht,
geschehen, was mit mir geschah,
und ist dies bei ihm vorbestimmt:
ist seine Schönheit nur vergeudet
und bringt sein Leben nichts als Schaden!
Doch liegt es dran, daß dieser Mann
einen Zaubertrick beherrscht,
der dies kuriose Wunder wirkte,
diese wunderliche Not,
so wär er weitaus besser tot,
ihn dürfte keine Frau erblicken.
Bei Gott, was habe ich durch ihn
an Leid erfahren und an Last!
Dabei warf ich wirklich nie
auf ihn, auf einen andren Mann
einen bös gemeinten Blick,
auch war ich keinem jemals feind –
was habe ich denn bloß getan,
daß mir durch jemand Leid geschieht,
dem ich nur schöne Augen mache?
Doch warum werf ich ihm das vor?

Den Guten trifft wohl keine Schuld.
Das Herzeleid, das ich durch ihn
erdulde und um seinetwillen,
das kommt zum allergrößten Teil,
bei Gott, aus meinem *eignen* Herzen.
Sah viele Männer und nun: ihn ...
Kann er dafür, daß mein Gefühl
nur für ihn allein empfindet
unter all den anderen?
Als ich so viele noble Frauen
diesen Mann, so majestätisch,
und seinen Ruhm als Ritter
loben hörte (wie ein Spielball
rumgetragen, rundgejagt),
und sie zollten ihm viel Lob,
und ich sah mit eignen Augen
die Trefflichkeiten, die man pries,
und mein Herz nahm in sich auf,
was alles rühmlich an ihm war –
das verdrehte mir den Kopf,
und ich verlor mein Herz an ihn.
Ja, so wurde ich verblendet!
Das war der Zaubertrick, durch den
ich mich dann selber so vergaß!
Er hat mir nichts zuleid getan,
der liebe Mann, durch den ich leide,
den ich zum Angeklagten mache.
Mein wirres, zügelloses Herz,
das ist es, das mich leiden läßt,
das ist es, das mir schaden will.
Es will und will ja allzuviel,
was es gar nicht wollen dürfte,
wenn es nur bedenken würde,
was Schicklichkeit, was Ehre ist;

jetzt aber nimmt es nichts mehr wahr
als seinen Eigensinn, den Wunsch
nach diesem wundervollen Mann,
dem es in so kurzer Frist
rettungslos verfallen ist.
Und – Gott mit mir! – ich meine doch,
wenn ichs in Ehren denken darf
und ich mich hier nicht schämen muß,
weil ich noch eine Jungfrau bin –
mir scheint es, dieses Herzeleid,
das wegen ihm mein Herz erträgt,
das hat nur *einen* Grund: die Liebe!
Das wird mir dadurch auch bewußt,
daß ich so gerne bei ihm wär.
Was immer dies bedeuten mag:
etwas reift in mir heran,
das Liebe will und diesen Mann.
Was ich in meinem Leben über
Frauen hörte, die sehr liebten,
und damit über Liebe selbst,
das ist mir in das Herz gedrungen:
das süße Herzeleid,
das viele noble Herzen
mit süßen Schmerzen quält,
das regt sich auch in *meinem* Herzen.«
Als nun die höfisch Edle
in der Tiefe des Gemütes,
im Herzen zur Erkenntnis kam
(wie üblich unter Liebenden),
daß Riwalon, ihr Freund, bestimmt sei
zur Beglückung ihres Herzens,
zu Erfüllung, höchstem Leben,
da machte sie ihm Augen, Augen,
besah ihn, wo sie ihn nur sah!

Erlaubte das die Etikette,
so grüßte sie ihn insgeheim
mit ihren Augen voller Liebe.
Ihre sehnsuchtsvollen Blicke
richteten sich oft auf ihn,
lange und voll Zärtlichkeit.
Als der Mann, der sich verliebte,
ihr Liebster, dies so langsam merkte,
erst da begann in ihm die Liebe
zu wachsen, machte er sich Hoffnung,
erst da entbrannte Leidenschaft,
und er erwiderte die Blicke
der Schönen inniger und kühner,
als er das je zuvor gewagt.
Fand er dazu Gelegenheit,
so grüßte er sie mit den Augen.
Als die Schöne ihm nun ansah,
daß er sie liebte wie sie ihn,
war sie die größte Sorge los:
sie hatte vorher Furcht, daß er
kein Verlangen nach ihr hätte.
Sie war nun sicher: sein Gemüt
war ihr gewogen, zugeneigt:
so muß es in der Liebe sein.
Er wußte klar: so wars bei ihr!
Dies entflammte ihre Sinne.
Und fortan begannen sie,
sich zu lieben, zu begehren
mit Gefühlen aus dem Herzen.
Es traf der Satz bei ihnen zu:
Liebesblick in Liebesauge
gibt dem Feuer einer Liebe
Nahrung, die beständig wächst.

Eine leidenschaftliche Liebe, die in die Ehe führt. Doch bevor geheiratet werden darf, muß gekämpft werden. Ein Feind marschiert in Markes Königreich ein; Marke stellt rasch ein Heer zusammen; auch Riwalon gehört zu den Mitstreitern. Der Gegner wird wieder aus dem Land vertrieben. Doch Riwalon wird durch einen Lanzenstich schwer verwundet. Man transportiert ihn nach Tintagel. Voller Liebe und Mitleid sucht Blanchefleur den todwunden jungen Mann auf, belebt ihn durch leidenschaftliche Küsse. Umarmung, Zeugung. Bald darauf wird Riwalon in sein Land zurückgerufen: Erzfeind Morgan ist einmarschiert. Die schwangere Blanchefleur, Skandal und Erniedrigung fürchtend, folgt ihm heimlich nach Parmenien; dies wird als Entführung interpretiert. Auch deshalb drängt Riwalons Stellvertreter, Marschall Rual, auf rasche Legalisierung der Beziehung. Die Ehe wird geschlossen, Riwalon zieht in den Kampf, fällt im Duell mit Morgan. Im Schock der Todesnachricht gebiert Blanchefleur das Kind; sie stirbt dabei.

Marschall Don Rual und seine Frau Floraite lassen das Gerücht verbreiten, das Kind sei mit der Mutter gestorben – der böse Morgan soll nichts gegen das Waisenkindlein unternehmen ... Floraite täuscht eine Geburt vor; das Paar gibt den Jungen als eigenes Kind aus.

Als nun die gute Marschallin
erholt schien nach der Schwergeburt,
und sie nach der Sechswochen-Frist
(die festgelegt ist für die Frauen)
dem erwähnten Kind zuliebe
in die Kirche gehen sollte,
da nahm sie selbst ihn auf den Arm,
trug ihn so sanft, wie sichs für sie
gehörte, in das Gotteshaus.

Als sie in echter Frömmigkeit
die *Einführung* gefeiert hatte,
der Opfergang beendet war
mit ihrem festlichen Gefolge,
da ward für dieses kleine Kind
die heilge Taufe vorbereitet,
mit der es seine Christlichkeit
im Namen Gottes empfangen sollte:
was immer ihm geschehen werde,
es wäre, bliebe doch ein Christ . . .
Als nun der Priester seiner Taufe
bereit war, sie zu spenden,
da fragte er für dieses Kind,
wie das bei Taufen üblich ist,
wie sein Name lauten solle.
Die Frau des Marschalls trat beiseite,
sprach sehr diskret mit ihrem Mann
und fragte ihn nach seinem Wunsch,
wie man es nennen solle.
Der Marschall, er schwieg lange Zeit,
er überlegte hin und her,
welcher Name passend wär
nach dessen Lebenslage,
er überdachte dabei auch
das Kindsgeschick von Anfang an
(so wie er dies erfahren hatte)
und wie es sich bisher entwickelt.
»Herrin«, sprach er, »hört! Nach allem,
was sein Vater mir erzählte
(wie es ihm mit Blanchefleur
ergangen war, mit welcher Trauer
ihr Sehnen sich bei ihm erfüllte,
mit welcher Trauer sie empfing,
mit welcher Trauer sie gebar),

müssen wir es *Tristan* nennen.«
Denn *triste* verweist auf Trauer.
Wegen dieser *histoire*
nannte man das Kindchen Tristan,
taufte es sogleich auf: Tristan.
Es steckt *triste* im Namen Tristan.
Der Name paßte gut zu ihm,
war angebracht in jeder Hinsicht.
Dies soll uns die Geschichte zeigen:
schauen wir, wie trist es war,
als seine Mutter ihn gebar,
schauen wir, wie früh ihm Not
und Mühe aufgebürdet wurden,
schauen wir, welch tristes Leben
ihm gegeben war zu leben,
schaun wir auf den tristen Tod,
der sein ganzes Herzeleid
beschloß mit einem Ende,
das alle Tode übertraf
und alle Traurigkeit vergällte.
Wer die Erzählung je studierte,
sieht genau, daß dieser Name
im Einklang war mit seinem Leben:
wie er hieß, so war der Mann;
er hieß so, wie er war: *Trist*an.
Und wer nun gerne wissen will,
aus welchen Gründen *le loyal*
das Gerücht in Umlauf setzte,
es sei das Kindchen namens Tristan
durch Probleme beim Entbinden
verstorben in der toten Mutter,
der soll es auch von uns erfahren:
Loyalität war das Motiv.
Der Loyale tat es deshalb:

er fürchtete die Feindschaft Morgans.
Erführe er von diesem Kind,
so würde er es töten lassen,
sei es listig, seis brutal,
und das Land dem Erben rauben.
So gab denn der loyale Mann
den Waisen aus als eignes Kind,
und zog es so behutsam groß,
daß ihm die hohe Welt zum Lohn
den Segen Gottes wünschen soll –
am Waisen hat er das verdient!

Sobald das Kind getauft war,
das Sakrament empfangen hatte,
nahm die treffliche Marschallin
ihr liebes Kindchen wiederum
in Pflege, und dies liebevoll.
Sie wollte ständig wissen,
wollte sehen, ob sein Zustand
nichts zu wünschen übrig lasse.
Es dachte seine süße Mutter
an ihn mit solcher süßen Sorge,
daß sie es nicht mal dulden wollte,
daß er irgendwann einmal
auf etwas Hartes trete ...
Als sie es so mit ihm gehalten,
bis er das siebte Jahr erreichte,
verstehen lernte und verstand,
wie man sprach und sich verhielt,
da anvertraute ihn sein Vater,
der Marschall, einem klugen Mann,
und schickte sie sogleich ins Ausland,
damit er fremde Sprachen lerne.
Und er sollte auch sogleich

beginnen mit dem Bücherstudium,
sollte sich ihm ernsthaft widmen
mit Vorrang vor den andren Studien.
Dies war sein erster Abschied
von seiner Ungebundenheit,
und seine Führung übernahmen
verpflichtend auferlegte Mühen,
mit denen man ihn erst verschont,
die man ihm ferngehalten hatte.
In diesen Jahren des Erblühens,
in denen Freude wachsen sollte,
in denen er, in seinem Glück,
den Lebensanfang machen sollte,
da war sein schönstes Leben aus!
Als er begann, im Glück zu blühen,
sank auf ihn der Sorgen-Reif,
der vielen jungen Menschen schadet,
und ließ sein Blütenglück verwelken.
In seiner ersten Freiheit wurde
seine Freiheit ihm geraubt;
die Disziplin des Bücherstudiums
wurde ihm zur ersten Last.
Und doch: er hatte dies begonnen,
und er gab sich seinen Studien
so völlig hin mit Geist und Fleiß,
daß er in sehr kurzer Zeit
mehr an Büchern rezipierte
als je ein Bub davor, danach.
Zu diesem doppelten Studieren
von Büchern und von Sprachen kam:
er verbrachte viele Stunden
mit Saitenspiel in jeder Art.
Er übte es von früh bis spät
mit einer solchen Emsigkeit,

bis er es souverän beherrschte.
Unablässig lernte er,
heute dies und morgen das,
heuer gut, im Jahr drauf besser.
Und zu all dem übte er,
mit dem Schild und mit der Lanze
gewandt und schnell zu reiten,
das Roß an beiden Flanken
mit Sporen anzutreiben;
beherzt ließ er es galoppieren,
voltierte und lâchierte es,
jambelierte mit den Schenkeln
sehr gekonnt, als wahrer Ritter.
Oft mouvierten sich die beiden:
Schwert-Parieren, zähes Ringen,
schnelles Laufen, weites Springen
und dazu den Wurf des Speeres –
dies machte er mit aller Kraft.
Auch berichtet uns die Quelle,
daß er das Pirschen lernte
und die Treibjagd – beides besser
als der eine oder andre.
Hofesspiele aller Art
kannte und beherrschte er.
Zu all dem war sein Körper so,
daß kein junger Mann zuvor
so vielversprechend auf die Welt kam.
Er war von ganz besondrem Wesen
in Gesinnung und Verhalten.
Jedoch, sein Glück war kontrastiert,
soweit ich las, von stetem Unglück –
leider zog er Unheil an …
Er war kaum vierzehn Jahre alt,
da holte ihn der Marschall heim

und schlug ihm vor, er solle
auf Ritten und auf Reisen
das Land, die Herren kennenlernen,
um dadurch vertraut zu werden
mit der Lebensform der Herren.
Der Bewundernswerte tat dies
auf so bewundernswerte Weise,
daß in jenem Zeitraum damals
im gesamten Reichsgebiet
nie ein junger Mann gelebt hat,
der so trefflich war wie Tristan.
Ihm kam die hohe Welt entgegen
mit Freundesblick, Gewogenheit,
so wie das recht und billig ist
bei einem, der Vollendung sucht
und keine Unart dulden will.

Es war einmal, zu jener Zeit,
da geschah es, *par hasard*,
daß aus Norwegen, übers Meer,
ein Handelsschiff, und zwar allein,
das Land Parmenien erreichte
und seine Landung dort vollzog,
ans Ufer fuhr bei Canoël,
am *château* mit gleichem Namen,
in dem der Marschall ständig
seinen Wohnsitz hatte, auch
Tristan, der sein junger Herr war.
Als die fremden Handelsleute
ihre Waren ausgebreitet,
sprach sich gleich am Hof herum,
was es dort zu kaufen gab.
Dabei wurde auch berichtet,
was Tristan Unglück bringen sollte:

Schöne Beizvögel seien dort
im Angebot, vor allem Falken.
Man redete so lang darüber,
bis zwei der Marschall-Söhne
(Jungen sind bei so was rührig!)
sich darauf verständigten,
Tristan (der ihr Bruder schien)
mitzunehmen, und zwar beide,
und beim Vater vorzusprechen,
ihn zu bitten, grad heraus,
daß sie Falken kaufen dürften,
nur für Tristan; dies gestatte
Rual, der edle, sicherlich,
der es sich nicht nehmen lasse,
alle Wünsche seines Freundes
Tristan zu erfüllen,
denn er hätte ihn viel lieber,
stufe ihn viel höher ein
als irgendeinen anderen
des Hofstaats und der Landesherren.
Er sorgte weitaus mehr für ihn
als für die eignen Kinder;
damit bewies er der Gesellschaft,
daß er völlig loyal war
und Ehre, Trefflichkeit besaß.
  Er stand auf und nahm sogleich
Tristan an die Hand, den Sohn –
er war hier ganz der Vater …
Die andren Söhne kamen mit,
dazu reichlich Hofgefolge –
teils aus Pflicht und teils zum Spaß;
es zog mit ihnen bis zum Schiff.
Woran man auch Gefallen fand,
was immer man sich wünschen mochte,

das fand man reichlich angeboten:
Preziosen, Seiden, feinste Kleider –
Ware häufte sich auf Ware!
Auch gab es schöne Beizvögel,
zahlreich waren Wanderfalken,
Zwergenfalken und Sperber,
Habichte, bereits gemausert,
andre noch mit roten Federn –
ja, dies alles sah man dort
in einem großen Angebot.
Für Tristan ließ man da sogleich
Falken kaufen, Zwergenfalken.
Und die als seine Brüder galten,
für die ward gleichfalls eingekauft,
ihm zuliebe. Was sie wünschten,
ward erfüllt, für alle drei.
Als sie nun erhalten hatten
alles, was sie sich erhofft,
und sie wollten wieder gehen,
da geschah es, *par hasard*,
daß Tristan unten in dem Schiff
ein Schachbrett hängen sah;
dessen Fläche und Beschläge
waren höchst gekonnt verziert,
in Vollendung embelliert;
daneben hingen Schachfiguren
aus erlesnem Elfenbein,
ganz meisterhaft geschnitzt.
Tristan, der Vortreffliche,
beschaute alles sehr genau.
»Oho!« rief er, »ihr wackren Händler,
Gott mit euch! Ja, spielt ihr
etwa Schach?! So sagt es schon!«
Er sagte das in ihrer Sprache ...

Sie schauten sich den Jungen
erneut und noch genauer an,
sobald sie ihre Sprache hörten,
die sonst keiner dort beherrschte;
sie musterten beim jungen Mann
jeden seiner Züge.
Kein Jüngling schien in ihren Augen
so wie er vom Glück gesegnet,
von solch vollendeten Manieren.
»Ja«, sprach einer, »lieber Freund,
von uns beherrscht weit mehr als einer
dieses Spiel. Wollt Ihr das prüfen,
so wird sich das leicht machen lassen.
Kommt her – ich fordre Euch heraus!«
Tristan rief: »Ich nehm es an!«
Schon saßen beide, übers Spiel
gebeugt. Der Marschall sagte: »Tristan,
ich kehre jetzt nach Haus zurück.
Du kannst bleiben, wenn du willst.
Die andren Söhne folgen mir!
Dein Erzieher bleibe hier –
er passe auf, geb auf dich acht!«
  Darauf ging der Marschall heim,
ihm folgten alle seine Leute –
außer Tristan und Erzieher,
der sich hier im Dienst befand.
Ich will euch über ihn berichten,
was wahr ist, aus der Quelle stammt:
Kein Knappe war so sehr, war mehr
geadelt durch die *courtoisie*,
durch die noble Herzensgüte;
Courvenal, so war sein Name.
Er hatte viele Qualitäten,
was gut war für die Unterweisung

dessen, der da viele Qualitäten
gewann durch seine Unterweisung.

Der vortreffliche junge Mann,
der gut erzogene Tristan,
er saß und spielte die Partie
so gekonnt und elegant,
daß ihn die Fremden, allesamt,
nicht mehr aus den Augen ließen
und im Innern sicher waren,
sie hätten keinen jungen Mann
gesehn im Glanz so vieler Fähigkeiten.
Wieviel er hier auch an Kultur
beim Spielen zeigte, im Verhalten –
dies alles zählte kaum für sie:
sie staunten, daß ein junger Mann
derart viele Sprachen konnte –
und er sprach sie alle fließend!
Wohin sie auch gekommen waren –
sie hatten so was nie gehört!
Der courtoise Mann des Hofes
glänzte hin und wieder mit
Plauderei im Stil des Hofes,
mit unbekannten Schachbegriffen;
die beherrschte er sehr zahlreich,
mit denen schmückte er sein Spiel.
Und er sang auch noch, begeisternd,
subtile Melodien, Liebeslieder,
Kehrreim-Strophen, *estampidas*.
Courtoises Können solcher Art
präsentierte er so reichlich,
daß sich die Herren des Gewerbes
schließlich darin einig sahen:
gelänge es, mit einer Finte,

ihn fortzuschaffen, irgendwie,
so verdienten sie an ihm
reichlich Geld plus Renommee.
Da gab es keinen Aufschub mehr;
den Ruderern befahlen sie,
sich bereitzuhalten;
sie selber lichteten die Anker,
als wäre weiter nichts dabei ...
Sie stießen ab und fuhren los,
derart sacht, daß Courvenal
und Tristan gar nichts merkten,
bis die Händler sie vom Hafen
eine Seemeile fortgeschafft.
Die beiden hatten nämlich nichts
im Kopf als dieses Spiel,
so daß sie an nichts anderes
dachten als an dieses Spiel.
Als die Partie beendet war,
und zwar mit einem Sieg von Tristan,
und er schaute wieder auf,
da sah er, was geschehen war.
Noch nie sah man ein Menschenkind
von solchem Leid erfüllt wie ihn!
Sprang auf, stand zwischen ihnen!
»Ah«, so rief er, »wackre Händler,
bei Gott, was fangt ihr mit mir an?!
Sagt, wo bringt ihr mich denn hin?!«
»Tja, mein Freund«, so sagte einer,
»das wird wohl keiner ändern können,
daß Ihr nun mit uns reisen müßt.
Zeigt Haltung, bleibt bei Laune.«
Tristan, der Ärmste, stimmte nun
so jammervolle Klage an,
daß Courvenal, sein Freund, mit ihm

zu weinen anfing, bitterlich,
sich so sehr verzweifelt zeigte,
daß die gesamte Schiffsmannschaft
wegen ihm und auch dem Jungen
verstimmt und wirklich böse wurde.
Sie plazierten Courvenal
in ein winzig kleines Beiboot
und legten ihm ein kleines Brot
für den großen Hunger rein,
dazu ein Ruder für die Reise,
und sagten, daß er fahren könne,
wohin auch immer er das wünsche;
Tristan müsse ihnen folgen.
Gesagt, getan. Sie fuhren weiter,
ließen ihn da einfach treiben,
in Angst und Bangen bleiben.

Courvenal trieb auf dem Meer ...
Mannigfaltig war sein Schmerz:
schmerzhaft war die heikle Lage,
in der er Tristan sah,
schmerzhaft war die eigne Not,
denn er fürchtete den Tod,
weil er von Seefahrt nichts verstand,
er hatte dies noch nie versucht.
Klagend sprach er zu sich selbst:
»Gott der Herr, was soll ich tun?!
Noch nie war meine Angst so groß!
Ich bin doch ohne Leute hier,
ich verstehe nichts von Seefahrt!
Gott der Herr, Du mußt mich retten,
sei mein Skipper, von hier weg!
In Erwartung Deiner Gnade
beginn ich, was ich nie begann.

Zeige mir die Richtung an!«
Und schon packte er sein Ruder.
In Gottes Namen fuhr er los
und kam nach einer kurzen Zeit
(es war dies eine Gottesgabe)
wieder heim, berichtete,
was unterwegs geschehen war.
Der Marschall, seine hehre Frau,
sie beide brachen daraufhin
in solches Jammern, Klagen aus –
läg er tot vor ihren Augen,
so hätte sie dies Leid
nicht härter treffen können.
Und so zogen diese beiden,
vereint in tiefem Schmerz,
mit der gesamten Hofgesellschaft
an den Meeresstrand, um dort
um den verlornen Sohn zu weinen.
Viele beteten voll Inbrunst,
daß Gott ihm helfen möge;
es gab dort viele Klagerufe,
man klagte so und klagte so ...
und als es auf den Abend zuging
und man sich wieder trennen mußte,
war das zuvor gemischte Klagen
zuletzt schon völlig unisono –
sie wiederholten stets das Gleiche,
riefen hier und riefen dort
nur noch diesen einen Satz:
»Beau Tristan, courtois Tristan,
ton corps, ta vie je recommande à Dieu!
Dein schöner Leib, dein schönes Leben,
seien Gott anheimgegeben.«

Die Norweger setzten unterdes
die Entführung weiter fort,
und sie legten alles *so* aus:
Als hätten sie in seinem Fall
Wunsch und Willen durchgesetzt.
Doch alles dies durchkreuzte Er,
Der alle Dinge graderückt,
sie graderückend grademacht,
dem Meer und Wind und Elemente
mit Furcht und Zittern dienstbar sind.
Nach Seinem Willen und Befehl
gerieten sie, im Sturmgewitter,
in Seenot, und dies derart schwer,
daß sie sich überhaupt nicht mehr
zu helfen wußten. Blieb nur eins:
sie ließen dieses Schiff halt treiben,
wohin es wilde Stürme schoben,
indes sie selbst für Leib und Leben
ohne jede Hoffnung blieben.
Sie hatten sich mit Haut und Haar
dem elenden Lenker ausgeliefert,
den man als *hasard* bezeichnet;
sie überließen es dem Zufall,
ob überleben oder nicht.
So konnten sie nichts weiter tun,
als in allerstärkstem Seegang
hochzusausen wie zum Himmel
und gleich drauf wieder abzusacken
wie in Höllentiefen.
Die schäumenden Wogen warfen sie
mal hinauf und mal hinab,
erst nach hier und dann nach dort;
es konnte sich von ihnen keiner
auch nur für *einen* Augenblick

auf den Beinen halten.
Ja, so sah ihr Leben aus,
acht Tage und acht Nächte lang!
Und so hatten sie fast völlig
die Kraft und den Verstand verloren.
Da sagte einer unter ihnen:
»Ihr Herren, alle – helf mir Gott! –,
mir scheint, es ist von Gott gewollt,
daß wir in Todesängsten leben.
Daß wir auf dieser schäumenden See
mehr tot als lebend treiben,
das kommt allein von unsren Sünden
und der betrügerischen Tat,
die wir begingen, als wir Tristan
wie Räuber seinem Clan entführten.«
Sie riefen »ja« aus einem Munde,
»du hast recht, genauso ist es!«
Sie berieten und beschlossen:
Würde ihnen einmal Stille
des Windes und des Meers gewährt,
so daß sie an das Ufer kämen,
so würden sie ihn laufen lassen
(und zwar gern!), wohin er wolle.
Sobald beschloßne Sache war,
gemeinsam nichts als dies zu wollen,
da wurde ihre Schreckensfahrt
augenblicklich angenehm.
Sogleich begannen Wind und Wellen
abzuflauen, sich zu glätten,
das Meer ging nicht mehr hoch,
die Sonne schien so hell wie vorher.
Sie schoben gleichfalls nichts hinaus:
schließlich hatte sie der Sturm
im Zeitraum von acht Tagen

nach Cornwall hin verschlagen,
und sie befanden sich bereits
dicht vor einem Landestrand,
sahen dort kein Hindernis
und liefen an der Lände auf.
Tristan nahmen sie sogleich
und setzten ihn am Ufer aus
und drückten ihm ein Brot in die Hand
und dazu reichlich Proviant.
Sie sagten: »Freund, Gott sei dir gnädig;
möge ER dein Leben schützen.«
Und sie erteilten ihm den Segen,
setzten rasch die Reise fort.

Die ersten Menschen, die der ausgesetzte Junge sieht, sind Pilger, und denen erzählt er eine Lügengeschichte. Sie geleiten ihn Richtung Tintagel. Unterwegs stoßen sie auf eine Jagdgesellschaft des Hofes, er schließt sich an, führt vor, wie man einen Hirsch aus der Decke schlägt und zerwirkt – eine detaillierte Lektion in der Hohen Kunst des Waidwerks. Auf dem gemeinsamen Ritt nach Tintagel erzählt Tristan eine weitere Lügengeschichte, auch hier zum Selbstschutz.

Der Vierzehnjährige führt sich am Hof des Königs Marke gut ein – ohne zu ahnen, daß Marke sein Onkel ist. Auch für Marke gilt das Kind seiner Schwester Blanchefleur als verstorben. Der Junge erhält Gelegenheiten, erneut seine Künste zu demonstrieren.

Marke schaute Tristan an:
»Heißt du Tristan, lieber Freund?«
»Ja Herr, Tristan. Dieu vous garde.«
»Dieu te garde, bel écuyer!«
»Merci«, so sprach er, »gentil rois,

edler König *cornwallois* –
Ihr und Eure Hofgefolgschaft,
Ihr mögt von Gottes Sohn
auf immer benedeiet sein!«
Das wurde von den Höflingen
reichlich remerciert.
Sie sangen nur noch den Refrain:
»Tristan, Tristan le Parmenois,
comme il est beau et comme courtois!«
Marke sprach erneut zu Tristan:
»Ich sag dir, Tristan, was du tun sollst.
Du mußt mir eine Bitte erfüllen,
du darfst mirs nicht verweigern.«
»Zu Befehl, mein gnädger Herr!«
»Du mußt mein Jägermeister sein ...«
Dies weckte große Heiterkeit.
Indessen sagte Tristan:
»Herr, verfügt ganz über mich!
Was Ihr befehlt, das will ich sein!
Euer Jäger, Euer Dienstmann
will ich sein – soweit ichs kann!«
Darauf Marke: »Gut, mein Freund.
Abgemacht, es soll so sein!«
Tristan gehört erneut zum Haus –
nichts ahnend, wie ihr hörtet:
er glaubte, in der Fremde zu sein.
Der unvermutet sein Vater wurde,
Marke, reich an Trefflichkeiten,
er verhielt sich ganz vortrefflich –
das war auch dringend angebracht.
Er bat die ganze Hofgefolgschaft
herzlich, gab ihr den Befehl,
zu diesem Jungen aus der Fremde
lieb zu sein, zuvorkommend,

und ihm die Ehre zu erweisen
mit Gespräch, Geselligkeit.
Dazu waren sie bereit,
allesamt, mit bestem Vorsatz.
Der edle Tristan war so Mitglied
der Hofgefolgschaft dieses Königs.
Der sah ihn gern, war seiner froh,
auch bei ihm war Herzensneigung,
er schaute gern und oft zu ihm,
denn Tristan war zu jeder Zeit
höfisch nobel im Verhalten
und bot bei jedem Anlaß
dem König seine Dienste an.
Wo Marke war, wohin er ging,
Tristan war da stets der zweite;
das akzeptierte Marke gern.
Er war ihm wirklich wohlgesonnen,
tat ihm Gutes, sobald er ihn sah.
Währenddes geschah es
(noch innerhalb der ersten Woche),
daß Marke mit ihm jagen ritt
(viel Hofgefolge war dabei),
um sein Waidwerk anzuschaun
und sein Können zu bewundern.
Sein eignes Jagdpferd ließ ihm Marke
holen, übergab es ihm.
So gut war Tristan nie beritten;
es war stark und schön und schnell!
Auch ließ er ihm ein kleines Horn
in hoher Lage überreichen.
»Tristan, denk an meine Ordre,
die dich zum Jägermeister machte,
zeig uns deine Kunst des Waidwerks.
Nimm die Hunde, reite aus

und stell die Treiber an die Posten,
wo sie dir recht plaziert erscheinen.«
»Nein, Herr, *so* gehts leider nicht«,
sprach der courtoise Tristan.
»Befehlt den Jägern, aufzubrechen
und die Posten zu besetzen,
ihre Hunde loszulassen.
Die Jäger kennen sich hier aus,
die wissen sehr viel besser
als ich, wohin der Hirsch läuft,
wohin er vor den Hunden flieht.
Sie kennen das Revier. Doch ich,
der hier noch niemals ausgeritten,
bin bloß ein Bursch von außerhalb.«
»Tristan, hast ganz recht, bei Gott.
Hier würdest du nur Fehler machen ...
Die Jäger folgen ihrer Nase,
beschließen selber, was sie tun.«
Die Jäger ritten nun gleich los,
mit den Hunden an den Koppeln,
verteilten Treiber auf die Posten,
die sie selbst am besten kannten,
und setzten an auf einen Hirsch
und jagten ihn *par force*
bis spät zur Abendstunde;
da stellten ihn die Hunde.
Genau zu diesem Zeitpunkt
kamen Marke und sein Tristan
und mit ihnen mancher Höfling
zum Fangstoß galoppiert.
Die Hörner bliesen laut Halali
in verschiednen Melodien,
sie bliesen derart schön,
es wurde Marke weich ums Herz,
mit ihm auch manchem andren dort.

Nach dem Fangstoß führten sie
zum erlegten Hirsch den Meister,
Tristan, den vertrauten Fremden,
und baten ihn, daß er den Bast
vom Anfang bis zum Ende zeige.
Tristan rief: »Das soll geschehn!«
Und traf sogleich die Vorbereitung.
Ich denke und ich meine hier,
es sei nicht nötig, daß ich euch
zweimal nacheinander
dieselbe Geschichte erzähle;
so wie ich euch zuvor von jenem
Hirsch erzählte, ganz genauso
entbästete er diesen hier.
Als sie den Bast und die *fourchiée*,
die Methode der *curée*
von Anfang an verfolgten,
erklärten sie aus einem Mund,
bei solchem Können halte keiner
eine Steigerung für möglich,
halte sie nicht mal für denkbar . . . !
Der König ließ danach den Hirsch
aufnehmen und ritt fort.
Er selbst, sein Jäger Tristan
und alle die *suivants*,
sie ritten in die Burg zurück
mit *fourchiée* und Hörnerklang.
Der wackre Tristan war seither
als Höfling sehr beliebt bei ihnen.
Der König und die Hofgefolgschaft
behandelten ihn freundschaftlich.
Seinerseits war er bereit,
jedermann zu dienen –
hätt er den einen oder andren
auf Händen tragen können,

so hätte er das gern getan.
Ein Segen, den ihm Gott gegeben:
er wollte, konnte mit jedem leben.
Lachen, tanzen, singen,
reiten, rennen, springen,
ernst und ausgelassen sein –
dies konnte er mit ihnen allen.
Er lebte, wie man es erwartet
und wie die Jugend das auch soll.
Wenn irgendeiner was begann,
war er dabei, von Anfang an.

Und dann ergab sich Folgendes:
eines Tages nahm Marke Platz
(es war kurz nach der Essenszeit,
wenn man Unterhaltung schätzt),
und er lauschte ganz gebannt
dem Liede, das ein Harfner spielte;
er war ein Meister seines Fachs,
der beste, den man je gehört;
dieser Mann war ein Waliser.
Nun kam Tristan, *Parmenois*,
und setzte sich zu seinen Füßen,
und verfolgte so genau
die schöne Melodie des Liedes,
daß er nicht (bei strengster Strafe!)
Schweigen hätte wahren können:
sein Gemüt, es tat sich auf,
sein Herz ward von Gefühl erfüllt.
»Meister«, rief er, »Ihr spielt gut!
Ihr gebt die Weise richtig wieder,
wie erdacht, im Ton der Sehnsucht.
Britannen haben sie gesetzt

im Liede von Monsieur Guirun
und von seiner Liebsten.«
Der Harfner nahm dies in sich auf,
er hörte sich das alles an,
doch schien er für die Äußrung taub –
bis er das Lied vollendet hatte.
Er wandte sich dem Jungen zu:
»Wieso weißt du, lieber Junge,
woher die Melodie hier stammt?
Kennst du dich in so was aus?«
»Großer Meister, allerdings.
Ich war hier einmal meisterhaft,
doch ließ mein Können derart nach,
ich wagte nicht vor Euch zu spielen.«
»Nein, mein Freund – dort ist die Harfe!
Laß hören, was man so
in deinem Land zu spielen weiß.«
»Ist dies, mein Meister, ein Befehl,
und gebt Ihr selber die Erlaubnis,
daß ich vor Euch Harfe spiele?«
»Ja, mein Freund, so spiel schon auf!«
Als er nun die Harfe nahm,
da lag sie gut in seinen Händen.
Wie ich das gelesen habe,
konnten sie nicht schöner sein:
weich und zart und schmal und lang
und so weiß wie Hermelin.
Mit ihnen spielte er sich ein,
zupfte probend viele Floskeln,
seltsam, lieblich, schön;
es stimmte sein Gemüt sich ein
auf seine Lieder der Britannie.
Er griff zu seinem Schlüssel,

drehte an den Saitenstiften,
accordierte höher, tiefer –
genau wie er dies haben wollte.
Und das war ganz rasch erledigt.
Tristan, dieser neue Spielmann,
übernahm sein neues Amt
mit bestem Vorsatz, viel Elan.
Seine ersten Probeläufe,
seine Mottos, Melodien
spielte er auf dieser Harfe
derart lieblich und so schön,
mit so schönem Saitenklang,
daß ein jeder dort hinzulief,
einer nach dem andren rief.
Das Hofgefolge kam sehr rasch,
wobei die meisten auch noch rannten,
doch keinem schien, er käm zu früh.
Und Marke saß und schaute zu,
und in Gedanken war er ständig
nur bei Tristan, seinem Freund,
und war darüber höchst erstaunt,
daß er so höfische Erziehung
und ein derart großes Können
so gut verbergen konnte,
obwohl es ihm durchaus bewußt war.

Tristan fing nun richtig an,
ließ für sie ein Lied erklingen
von der äußerst stolzen Liebsten
Gralands, dieses Schönen.
Er begann so gut zu spielen,
er harfte derart rühmenswert
die Melodie aus der Britannie,
daß da mancher stand und saß,
der seinen Namen glatt vergaß.

So begannen Herzen, Ohren
verrückt zu spielen, wirr zu werden,
aus der Fassung zu geraten ...
Man dachte sich mal dieses,
man dachte sich mal jenes,
jedoch am meisten dachte man:
»Ah, gesegnet sei der Kaufmann,
der solch noblen Sohn gezeugt!«
Ja, er ließ die weißen Finger
mit äußerster Behendigkeit
in die Saiten greifen;
die erzeugten solche Klänge,
daß sie diesen Festsaal füllten.
Mit Blicken wurde nicht gegeizt,
viele schauten nur dorthin,
starrten bloß auf seine Hände.
Schließlich war das Lied beendet.
Der edle König schickte jemand,
ließ die Bitte überbringen,
noch ein weitres Lied zu spielen.
»Avec plaisir«, so sagte Tristan.
Mit vollen Griffen spielte er
noch eine Liebesmelodie
aus dem alten Babylon:
de Tisbé, la courtoise.
Dies harfte er so wunderschön,
er ward den Noten so gerecht
(wie das den wahren Meister zeigt),
daß der Harfner ganz verblüfft war.
Wo es jeweils passend schien,
ließ der virtuose Könner
auf betörend schöne Weise
seine *chants* einfließen.
Er sang die Melodien

auf Britannisch und Walisisch,
auf Französisch, auf Latein
mit einer solchen Lieblichkeit,
daß keiner hätte sagen können,
was von beidem schöner sei,
was noch mehr Applaus verdiente:
sein Singen oder Harfenspiel.
Es ergab sich über ihn
und über seine Fähigkeiten
viel Gespräch und Diskussion.
Ein jeder sprach, in diesem Reich
hätten sie bei einem Mann
noch nie so viel an Kunst entdeckt.
Man fragte hier, man fragte dort:
»He, was ist das für ein Junge?!
Wen haben wir da im Gefolge?!
Alle Pagen dieser Welt
kann man ganz und gar vergessen
im Vergleich mit unserm Tristan!«
  Als Tristan dieses Lied
in seinem Stil verklingen ließ,
sagte Marke: »Tristan, komm!
Der dir Unterricht erteilt hat,
der sei vor Gott geehrt,
und du mit ihm. Dies ist vollendet!
Deine Lieder will ich gerne hören,
manchmal, dies zur Schlafenszeit –
falls du noch nicht schlafen kannst.
Du tust mir gut, tust was für dich ...«
»Herr, sehr wohl!« »Sag mal, spielst du
noch ein andres Saiteninstrument?«
»Nein, Herr«, sprach er. »Wirklich nicht?!
Weil ich dir so lieb bin, Tristan,
stelle ich dir diese Frage.«

»Herr«, so sagte Tristan gleich,
»Ihr hättet mich nicht mahnen müssen
mit solchem Nachdruck, denn ich sag es,
weil ich Euch Antwort schuldig bin
und Ihr darauf besteht.
Herr, ich habe jede Art
von Saitenspiel mit Fleiß erlernt,
doch keins beherrsche ich so gut,
daß ich es nicht gern steigern würde.
Jedoch, ich habe diese Studien
nur eine kurze Zeit betrieben,
ich tat es nicht mal sieben Jahre,
dies mit Unterbrechungen –
nun ja, es war doch etwas mehr ...
Ich lernte von Parmeniern
die Fiedel streichen, Leier drehn;
das Spiel der Harfe, Harfenzither
brachten mir zwei Meister bei,
Waliser, aus dem Lande Wales,
und mich lehrten zwei Britannen
(beide kamen sie aus London)
Leier und Sambioca spielen.«
»*Sambioca*?! Bester, was ist das?«
»Mein liebstes Saiteninstrument!«
»Seht nur«, rief die Hofgefolgschaft,
»Gott hat diesen jungen Menschen
für ein Leben der Genüsse
mit Gnadengaben reich beschenkt!«
Marke fragte ihn noch weiter:
»Tristan, eben sangst du doch
auf Britannisch und Walisisch,
lingua latina, *en français* –
du kennst die Sprachen?« »Ja, Herr,
ziemlich gut.« Da drängte sich

jedermann vom Hof heran,
und wer von fremden Sprachen
der Nachbarländer etwas konnte,
der stellte ihn gleich auf die Probe,
der eine so, der andre so,
und dabei gab er höflich Antwort
auf alles, was sie fragten –
den Norwegern, Irländern,
Schotten, Dänen, Allemands ...
Da wurde mancher herzlich neidisch
auf Tristans Fertigkeiten,
es wäre mehr als einer
am liebsten so wie er gewesen;
das Begehren vieler Herzen
sagte ihm (im Innern!) freundlich:
»Ah, Tristan, wär ich nur wie du ...«
»Tristan, führst ein schönes Leben ...«
»Tristan, alle Bildung, die ein Mensch
hier auf Erden haben kann,
mit ihr bist du sehr reich beschenkt ...«
Und so redete da alles
heftig durcheinander.
»Hört!« rief dieser, »horcht!«, rief jener,
»alle Welt, sie höre her:
Ein Junge von nur vierzehn Jahren
ist in jeder Kunst vollendet!«
  Der König: »Tristan, hör mir zu!
Du hast alles, was ich wünsche,
du kannst alles, was ich schätze:
Waidwerk, Sprachen, Saitenspiel –
nun laß uns auch Gefährten sein,
ich der deine, du der meine.
Am Tage reiten wir zur Jagd,
am Abend gehen wir zu Hause

höfischen Vergnügen nach:
harfen, fiedeln, singen –
das kannst du gut, so tus für mich!
Ich spiele dir dafür dann zu,
was sich dein Herz nur wünschen mag:
schöne Kleidung, Pferde
schenk ich dir, soviel du willst –
so tu ich spielend was für dich!
Schau, mein Schwert und meine Sporen,
die Armbrust und mein goldnes Horn
vertraue ich dir an, mein Freund;
nimm sie in deine Obhut, Pflege
und bleibe höfisch frohgestimmt!«
So war der heimatlose Junge
am Hof nun ein vertrauter Diener;
man sah bei einem jungen Mann
nie solchen Segen wie auf ihm;
was er auch tat und was er sagte,
das alles schien – und war – so gut,
daß ihm die Menschen Freundlichkeit
erwiesen, wahre Herzlichkeit.

Erzählt wird nun von Tristans Pflegevater. Dreieinhalb Jahre lang reist er von Land zu Land, den entführten Jungen suchend. Endlich können ihm die beiden Dauerpilger einen dienlichen Hinweis geben. Rual erscheint, ramponiert und verwittert, vor Tintagel, sieht Tristan wieder: mittlerweile ein schöner junger Mann von siebzehn Jahren. Er stellt Marschall Rual dem König vor. Der läßt ihn neu einkleiden, lädt ihn ein zu einem Mahl. Dabei erfährt man von Rual, wer Tristans wahrer Vater war; Marke findet in Tristan seinen Neffen, Tristan verliert in Rual seinen Vater. Vor der gemeinsamen Rückkehr nach Parmenien soll Tristan Ritter werden; die wirtschaftlichen Grundlagen des neuen, verpflichtenden Status werden von Marke großzügig sichergestellt. Die Schwertleite wird vorbereitet – auch sprachlich: Gottfrieds berühmter Exkurs über Dichterkollegen. Hartmann von Aue, Bligger von Steinach und Heinrich von Veldeke werden gerühmt, ein Ungenannter wird mit Vehemenz attackiert – dies kann nur Wolfram von Eschenbach sein. Und Gottfried hebt ab zu einer kunstreichen Arie über den antiken Topos der Bescheidenheit; die literarischen Mittel sind hier alles andere als bescheiden. Nach dieser Einstimmung kann die Schwertleite stattfinden, Tristan wird Ritter. Die festliche Freude wird getrübt durch das Bewußtsein, daß sein Vater Riwalon von Morgan getötet worden ist.

Rual und Tristan nehmen Abschied von König Marke, kehren heim nach Parmenien. Tristan will Rache nehmen an Morgan, führt ein ›Kommandounternehmen‹ durch mit getarnten Rittern. Er stellt Morgan im Wald bei der Jagd, verlangt formell das Lehen, das seinem Vater zustand, wird als unehelicher Sohn ohne Rechte behandelt – zusätzliche Motivierung zum Kampf. Tristan tötet Morgan. Gegen ihn und seinen Trupp werden immer mehr Soldaten zusammengerufen, bald sind die Parmenier eingekesselt. Rual ahnt so etwas, bricht mit einer Hundertschaft von Panzerreitern auf, die Parmenier siegen. Tristan ist seinem Pflegevater sehr dankbar, kehrt dennoch zurück in das Land seiner Mutter. In Cornwall steht ihm der nächste Kampf bevor – der riesenhafte Morold ist von Irland herübergekommen, im Auftrag des Königs Gormund, er fordert Tribut: Söhnchen von Landesherren. Tristan übernimmt den Kampf um Cornwalls Ehre.

Als nun der dritte Tag begann,
da kamen alle Herrn des Landes,
kam Kriegsvolk derart zahlreich,
daß das Terrain am Meer
bedeckt war von dem Heer.
Morold ging, um sich zu wappnen.
Ich will, in Hinblick auf die Rüstung
sowie auf seine Körperkraft,
den Eindruck des Gefühls,
den geschärften Blick des Geistes
durch allzu detaillierte Sicht
nicht belasten, nicht betäuben,
auch wenn man ihn in seinem Mut
sehr oft den Ersten nennt.
Es wurde oft von ihm erzählt,
daß er – vollkommnes Bild des Ritters –
für seinen Mut, die Kraft, die Größe
Lob erhielt in allen Reichen.
Damit sei er genug gelobt!
Ich weiß ja, daß er fähig war
(damals und zu jeder Zeit),
im Zweikampf wie auch in der Schlacht
nach dem Ritterkodex völlig
der Körperkraft gerecht zu werden:
er brachte viel Erfahrung ein.
Dem edlen König Marke,
dem wurde dieser Kampf so sehr
zur inneren Belastung,
wie niemals eine Frau, entmutigt,
um einen Mann gelitten hat.
Er hatte nicht die kleinste Hoffnung,
daß Tristan überleben würde;
er hätte lieber jene Schmach
des Tributs erduldet, ständig,

wär nur der Kampf vermieden worden ...
Jedoch, es ging viel besser aus
in diesem Punkt, in jenem Punkt,
im Punkt Tribut, in puncto Held.
Tristan, dem Erfahrung fehlte
im Kampf auf Leben und auf Tod,
begann sich auch zu dieser Zeit
den Ringelpanzer anzulegen,
so gut er das vermochte:
seinen Leib und seine Glieder
umhüllte er zum Schutz mit Polstern,
darüber schöne Rüstungsstücke:
den Beinschutz und das Panzerhemd;
die waren hell und schimmernd
in dem Maße, wie der Meister
seine Sorgfalt, all sein Können
auf dieses Werk verwendet hatte.
Zwei schöne, starke Sporen
schnallte ihm nun Marke an
als Freund und treuer Helfer,
und es weinte dabei sein Herz.
Die Riemen, Gurte seiner Rüstung
verzurrte er mit eigner Hand.
Man brachte einen Waffenrock,
der war, wie ich erzählen hörte,
von damenhaften Händen
an den Säumen, in den Falten
und an allen seinen Rändern
bezaubernd schön entworfen
und im Rahmen mit dem Webschwert
noch viel schöner ausgeführt.
Hoho, als er ihn überwarf –
wie attraktiv, wie glorreich
er in diesem Umhang wirkte,

darüber ließe sich viel erzählen,
jedoch, ich will den Text nicht dehnen.
Die Erzählung würd zu lang,
wenn ich dies alles so erschöpfend
behandeln würde, wie ich sollte.
Doch müßt ihr noch dies eine wissen:
Es paßte dieser Mann zum Umhang
besser (rühmlich, ehrenvoll!)
als der Umhang zu dem Mann;
wie schön, wie rühmenswert
der Waffenrock auch immer war,
so war er doch der Würde dessen,
der diesen Waffenrock nun trug,
kaum, fast gar nicht angemessen.
Marke hängte an den Gürtel
ein Schwert: sein Leben und sein Herz,
denn dies vor allem schützte ihn
vor Morold – und vor vielen später.
Es war in seinem Schwung herab
so balanciert, auf seinem Weg
so zielgerichtet, daß es nicht
zu hoch traf, nicht zu niedrig,
sondern mitten, wo es *beißt*!
Man brachte, auf Befehl, den Helm;
der war wie ein Kristall
in seiner Helligkeit und Härte –
der glänzendste, der beste,
den je ein Ritter aufgesetzt.
Ich glaube, ein so guter Helm
kam vorher nie nach Cornwall!
Es ragte obendrauf der Pfeil,
Zukunftszeichen der Frau LIEBE,
das sich bei Tristan später
erfüllen sollte in der Liebe –

wenn auch lange aufgeschoben.
Marke setzte ihm den auf:
»Neffe, ach, daß ich dich traf,
das klag ich bitterlich vor Gott.
Wenn du mir zum Unglück wirst,
so sag ich allem Fehde an,
was einen Mann erfreuen kann!«
Ein Schild ward, auf Befehl, gebracht!
Es hatte eines Könners Hand
größten Fleiß auf ihn verwandt,
er war gänzlich silberhell,
um damit abgestimmt zu sein
auf Helm und Panzerringe.
Außerdem war er poliert,
mit einem Glanz versehn
wie neugemachtes Spiegelglas.
Ein Eber war drauf appliziert
aus Zobel, schwarz wie Kohle,
meisterhaft und schön geschnitten.
Sein Onkel hängte ihm den Schild um.
Dem Mann, der majestätisch war,
ihm stand er gut; er paßte sich
der Flanke an wie festgeleimt,
jetzt und immerdar.

Als so der rühmenswerte,
angenehme junge Mann
den Schild an seine Seite zog,
da strahlten die vier Rüstungsstücke
(Helm und Maschenpanzerhemd,
Schild und Eisen-Beinschutz)
einander derart glanzvoll an –
hätt es der Schmied drauf angelegt,
daß der Glanz von jedem Stück
den Glanz des andren steigere,

dadurch erneut an Glanz gewinne,
so hätt das Leuchten all der vier
kaum ausgeglichner wirken können!
Doch andrerseits: dies neue Wunder,
das sich darin, das sich darunter
als Gefahr und als Bedrohung
verbarg für seine Feinde –
war denn dies bedeutungslos
vor dem grandiosen Können,
das sich *außen* an ihm zeigte?
Ich seh dies klar im Tageslicht:
Wie immer dieses äußre Bild
auch sei, es war das *innre* Bild
(als des Ritters *figuration*)
noch weitaus schöner entworfen,
gebildet und gemeistert
als jene äußre *apparition*.
Das Werk, das *in* dem Panzer steckte,
war in seiner Form, im Geist
aufs rühmlichste geplant.
Die Meisterschaft des Künstlers,
ha, wie schön erschien sie hier!
Die Brust, die Arme, seine Beine,
sie waren prächtig, herrlich, schön,
wohlgeformt, von wahrem Adel.
Die Rüstung, die ihn so umhüllte,
sie stand ihm gut, zum Jubeln gut!

Ein Knappe hielt sein Roß am Zügel:
in Spanien oder anderswo
ward nie ein schöneres gezüchtet!
Nirgends war es eingesunken,
war an der Brust und an der Kruppe
breit und schön gewachsen,

war an beiden Flanken stark,
war rundherum vollkommen.
Seine Hufe, seine Beine
folgten ebenfalls vollendet
dem Gesetz der Schönheit.
Die Hufe rund, die Beine grad –
schlank gewachsen alle viere
wie auf freier Wildbahn:
auserlesen und erlesen!
Vor dem Sattel, vor der Brust
war es so vollendet
wie ein ideales Streitroß.
Eine weiße Satteldecke
lag darauf, hell wie der Tag,
schimmernd wie der Ringelpanzer;
sie war so prächtig und so lang,
daß sie glatt herunterhing,
bis unterhalb der Knie des Rosses.
Als Tristan so zum Kampf
(nach dem ritterlichen Kodex,
nach dem Ritual des Zweikampfs)
rühmenswert gerüstet war,
da stimmten sämtliche Experten
des Urteils über Mann und Rüstung
in diesem Punkte überein:
Mann und Rüstung hätten nie
ein beßres Bild ergeben!
So schön es hier erscheinen mochte,
es schien doch viel, ja weitaus schöner,
als er auf dem Streitroß saß
und den Lanzenschaft umfaßte:
da war dies Bild ein Augenschmaus,
war dieser Ritter eine Pracht –
überm Sattel. Drunter auch!

Die Arme und die Schultern hatten
genügend weiten Spielraum.
Wo man im Sattel sitzen muß,
da saß er fest in diesem Sattel,
eingepaßt in Sattelbögen.
Vor die Schultern dieses Rosses
waren seine schönen Beine
straff und gertengrad gestreckt.
Da paßte Roß, da paßte Reiter
so harmonisch zueinander,
als wären diese beiden
gemeinsam, ja in *einem* Stück
geboren worden, aufgewachsen.
Die Haltung Tristans auf dem Roß
war exzellent, er saß
fest im Sattel: sattelfest.
Dennoch, so vollendet er
in seiner Körperhaltung war,
so war doch seine innre Haltung
von schönem, ja von bestem Stil;
noch nie zuvor umschloß ein Helm
so noblen Geist, so schöne Form.

Und so wurde beiden Kämpfern
ein Kampfplatz zugewiesen:
ein Inselchen im Meer,
so nah am Ufer und am Heer,
daß man sehr gut sehen konnte,
was auf der Insel dort geschah.
Man hatte auch noch ausgemacht,
daß außer diesen beiden Männern
keiner dorthin kommen sollte,
bevor der Kampf beendet sei.
Das wurde denn so eingehalten.

Und es wurden beiden Kämpfern
zwei Boote rangestakt ans Ufer;
beide waren groß genug,
um je ein Streitroß, einen Mann
in Rüstung leicht zu transportieren.
Die Boote lagen nun bereit;
Morold stieg in eins von ihnen.
Er nahm das Ruder in die Hand
und pullte rüber an das Ufer.
Sobald er auf der Insel war,
versorgte er sein kleines Schiff
und machte es am Ufer fest.
Er schwang sich gleich aufs Roß,
nahm die Lanze in die Hand,
ließ es auf der ganzen Insel
galoppieren, attaquieren,
hin und her lachieren;
seine *attaques*, sie waren
auf diesem Todeskampfplatz
derart leicht und spielerisch,
als wär dies alles nur zum Sport.
  Als Tristan auf dem Boot war,
seine Sachen schon an Bord,
sein Streitroß, seine Lanze,
ging er am Bug in Positur.
»König«, rief er nun, »Herr Marke!
Macht Euch nicht zu große Sorgen
um mich und um mein Leben –
vertrauen wir hier ganz auf Gott!
Unsre Angst bringt hier nicht weiter.
Wie, wenn es besser läuft für uns,
als man es uns vorausgesagt?
Über Sieg und Glück bei uns
entscheidet nicht die Ritterkunst,

sondern letztlich Gottes Macht.
So gebt denn alle Vor-Furcht auf,
ich kann durchaus hier überleben!
Es belastet die Affaire
mein Gemüt nicht im geringsten!
Macht das auch so! Wahrt die Haltung!
Es geht nur *so* aus, wie es soll.
Wie immer meine Sache ausgehn,
wie die Entscheidung fallen mag,
vertraut an diesem Tag Euch selber
und die Herren Eures Landes
Dem an, Dem ich fest vertraue.
Gott selber zieh mit mir
auf den Kampfplatz, in den Kampf,
verschaff dem Recht sein Recht!
Gott muß wahrlich mit mir siegen
oder sieglos unterliegen.
ER nehme sich der Sache an.«
Er sprach den Segen über sie,
stieß das Boot vom Ufer ab
und fuhr in Gottes Namen los.
Ihn vertrauten viele, betend,
Gott an, mit dem Leib, dem Leben;
ihm schickten viele noble Hände
ihre Segenszeichen nach.
Als er am Ufer angelegt,
ließ er sein Schiffchen treiben
und schwang sich gleich aufs Roß.
Morold war sofort zur Stelle:
»Was soll das heißen?! Sag es mir!
Warum, mit welcher Überlegung
hast du das Schiffchen treiben lassen?!«
»Ich tat es nur aus diesem Grund:
hier ist ein Boot und sind zwei Männer,

und darin gibt es keinen Zweifel:
falls sie hier nicht beide ›bleiben‹,
vielmehr einer von den beiden
den Tod erleidet auf der Insel,
so hat wohl jener, der hier siegt,
mit diesem einen Boot genug,
das dich hierher zur Insel trug.«
  Morold sprach: »Ich hab verstanden;
es führt kein Weg daran vorbei,
dieser Zweikampf muß erfolgen.
Doch würdest du darauf verzichten,
indem wir uns hier gütlich trennen,
und es wird dabei vereinbart,
daß ich auch künftig Anspruch habe
auf den Tribut aus beiden Ländern,
so schiene mir, dies wär dein Glück.
Es täte mir doch ehrlich leid,
wenn ich dich erschlagen müßte.
Kein Ritter, den ich je erblickte,
gefiel mir derart gut!«
Der tapfre Tristan daraufhin:
»Soll Friede werden, dies auf Dauer,
muß künftig der Tribut entfallen.«
»Unmöglich!« rief der andere.
»Kein Friede unter *der* Bedingung!
So läßt sich das nicht gütlich schlichten!
Der Tribut muß mich begleiten!«
Tristan sagte: »So verhandeln
wir im Rechtsstreit ganz umsonst!
Morold, weil du sicher bist,
daß du mich erschlagen wirst,
so wehr dich, wenn du leben willst.
Etwas andres läuft hier nicht!«
  Er warf sein Roß herum;

es lief aus dieser Kehre
zielbewußt in seine Richtung.
Die Lanze war gesenkt,
der Herzenswille fest,
so sprengte er geradeaus;
mit pumpenden Schenkeln,
mit Füßen und Sporen
nahm er die Pferdeflanken zwischen.
Was hätt der andre warten sollen,
des Leben auf dem Spiele stand?
Der tat genau, was jeder tut,
der mit Sinn und mit Verstand
zum Heldentum entschlossen ist;
wie es ihm sein Herz befahl,
machte er nun gleichfalls kehrt,
ritt rasch davon, noch schneller ran,
hob und senkte gleich die Lanze.
Und so kam er galoppiert
wie vom Teufel transportiert.
Beide, Roß und Reiter, ritten
schneller als ein Zwergenfalke
im Renn-Galopp auf Tristan los.
Auch Tristan war sehr scharf auf ihn!
Sie kamen mit so gleicher Kampflust,
so gleichem Flugschwung auf sich zu,
daß ihre Lanzen brachen,
die in die Schilde stachen –
bestimmt in tausend Stücke!
Und schon war ein Gezücke
ihrer Schwerter; sie begannen,
von den Sätteln aus zu kämpfen.
Es wär ein Bild für Gott gewesen!
Nun hör ich alle Welt erklären
(so steht es auch in der Geschichte),

daß dies ein Zweikampf sei,
und jedermann erklärt dazu,
hier seien nur zwei Mann.
Ich werde jetzt jedoch beweisen,
daß dies eine Feldschlacht war
zweier ganzer *formations*.
Obwohl ich das mit keinem Wort
gelesen habe über Tristan,
werde ich dies glaubhaft machen.
Wie uns die richtige Tradierung
schon stets erzählte, noch erzählt,
hatte Morold Kraft für vier,
das macht: ein Rittertrupp von vieren.
Dies war die Streitmacht *einer* Seite.
Auf der andren war sie so:
erstens Gott und zweitens Recht,
drittens ihrer beider Knecht
und ihr braver Herrendiener,
Tristan, der sehr tüchtig war,
viertens Kampfentschlossenheit,
die in Bedrängnis Wunder wirkt.
Diese vier und jene vier,
also: acht gruppiere ich
rasch zu beiden *formations*,
obwohl ich kaum gruppieren kann . . .

Noch eben schien euch, die Geschichte
sei wohl reichlich ungereimt,
weil zwei Trupps auf nur zwei Rössern
gar nicht hätten kämpfen können . . .
Doch ihr kennt ja nun die Wahrheit,
daß hier jeweils vier der Ritter
(sprich: ein Rittertrupp von vieren)
unter *einem* Helme kämpften;
sie griffen sich zu dieser Zeit

scharf in nächster Runde an.
So kam denn eine Allianz
(Morold mit der Kraft von vieren!)
auf Tristan zu wie ein Gewitter.
Der todgeweihte Teufelsknecht
hieb derart kräftig auf ihn ein –
er hätte ihm mit Hieben fast
die Kraft geraubt und das Bewußtsein.
Hätt ihn nicht der Schild gedeckt,
unter dem er mit Geschick
Deckung suchte, Zeit gewann,
ihm hätten Helm und Panzerhemd
und weitres Eisen nichts geholfen,
Morold hätte ihn getötet –
dies durch seinen Ringelpanzer!
Deckte ihn mit Hieben ein,
daß er nicht mal aufschaun konnte,
setzte ihm mit Hieben zu,
bis er es mit Hieben schaffte,
daß Tristan, drangsaliert von Hieben,
den Schild zu weit vom Körper hielt
und damit die Deckung hob –
in dem Moment schlug Morold
in seinen Oberschenkel, so brutal,
daß dies beinah tödlich war:
im Beinschutz und im Kettenhemd
lag das Fleisch, der Knochen frei,
und es spritzte Blut heraus,
sprühte auf den Inselboden.
»Und jetzt?« rief Morold, »gibst du auf?!
Dir wird hiermit wohl selber klar,
daß niemand unrecht handeln darf!
Dein Unrecht wird hier offenkundig!
Und jetzt: denk nach! Wie soll es gehn,

daß du noch weiterleben kannst?
Wahrlich, Tristan, diese Not,
sie ist dein sichrer Tod.
Wenn *ich* hier keine Wende bringe,
wird keine Frau und wird kein Mann
dich jemals wieder heilen können:
du bist von einem Schwert verwundet,
das tödlich, weil *vergiftet* ist.
Kein Arzt und keine Heilkunst
erretten dich aus der Gefahr;
dies kann einzig meine Schwester,
Isolde, Königin von Irland.
Sie kennt verschiedne Pflanzen
und die Heilkraft aller Kräuter
und die Wissenschaft der Ärzte.
Nur sie allein beherrscht die Kunst
und niemand sonst auf dieser Welt.
Wenn *sie* nicht heilt, so mußt du sterben.
Doch wenn du auf mich hören willst
und mir den Tribut versprichst,
so muß die Schwester, Königin,
dich höchstpersönlich heilen;
ich werde den Besitz sodann
in aller Freundschaft mit dir teilen;
was immer du dir wünschen magst,
ich werde dir nichts vorenthalten.«

Tristan: »Das Recht auf meiner Seite
und mein Ansehn geb ich weder
dir noch deiner Schwester preis!
Ich brachte in der Freien Hand
die Freiheit zweier Länder her –
die wird mich auch zurückbegleiten,
es sei denn, daß ich ihretwegen
noch mehr erleide – oder sterbe.

Doch bringt mich diese *eine* Wunde
noch nicht in so bedrängte Lage,
daß alles hier verloren wäre.
Der Kampf ist zwischen uns
überhaupt noch nicht entschieden!
Der Tribut: dein Tod! Oder meiner . . .
Etwas andres läuft hier nicht!«
   Sofort griff Tristan wieder an. –
Nun stellt hier einer wohl die Frage,
ich selber schließe mich ihr an:
»Das Recht und Gott, wo sind sie nun,
diese Kampfgefährten Tristans?!
Ob die ihm noch helfen wollen?
Dies würd ich allzu gern erfahren!
Sie lassen sich ja ziemlich Zeit!
Ihre Truppe, *formation*
ist schon reichlich angeschlagen.
Wenn sie nicht baldigst kommen,
so kommen sie zu spät.
Sie sollen also voranmachen!
Hier reiten zweie gegen viere
und kämpfen um ihr nacktes Leben –
das hat die Hoffnung aufgegeben,
und so packt es die Verzweiflung!
Sollen sie gerettet werden,
muß dies möglichst rasch geschehn!«
   Das Recht und Gott, sie ritten her
mit dem gerechten Urteilsspruch,
zum Heile ihrer *formation*,
zum Unheil ihrer Feinde.
Jetzt begannen sie sich alle
in gleicher Stärke zu formieren:
viere gegen viere;
ein Trupp ritt gegen einen Trupp.

Als Tristan nun die Gegenwart
seiner Kampfgefährten spürte,
da wuchsen ihm der Mut, die Kraft,
ihm schenkte seine Allianz
Beherztheit, Kraft zum Kampf.
Seinem Roß gab er die Sporen;
er kam so heftig angaloppiert,
daß er (und das wollte er!),
mit dem Roß-Bug attaquierend,
derart auf den Gegner krachte,
daß er ihn zu Boden warf
mit Roß und allem Drum und Dran.
Als Morold nach dem Sturz
ein bißchen wieder zu sich kam,
zurück zu seinem Streitroß wollte,
war Tristan schon zur Stelle,
schlug ihm derart an den Helm
daß der wegflog, und zwar weit.
Doch Morold griff schon wieder an,
schlug Tristans Roß die Schulter ab
(durch den *caparaçon*!), so daß es
unter ihm zusammenbrach,
und Morold nur noch eines blieb:
er sprang halt weg, zur Seite.
Morold, der gewitzte Mann,
schob den Schild auf seinen Rücken,
wie ihn dies Erfahrung lehrte,
griff mit seiner Hand nach unten,
packte wieder seinen Helm.
Routiniert, wie er das war,
dachte er und plante er:
Käm er wieder auf das Roß,
so setze er den Helm auf
und greife Tristan nochmals an.

Als er den Helm ergriffen hatte
und zu seinem Streitroß rannte,
und schon derart nah heran war,
daß seine Hand zum Zügel griff
und er mit Schwung den linken Fuß
hineinschob in den Bügel
und den Sattelbogen packte,
da holte ihn schon Tristan ein!
Der hieb ihm auf dem Sattelbogen
die linke Hand ab, samt dem Schwert,
so daß ihm beides in den Sand fiel,
mit Panzerringen und so weiter.
Noch während all dies runterfiel,
verpaßte er ihm wieder eins,
am obren Rand der Ringkapuze;
er drang in solcher Tiefe ein:
als er die Waffe ruckhaft rausriß,
blieb mit diesem starken Ruck
ein Stück vom Schwert zurück
in seiner Schädeldecke –
das brachte Tristan später
in Bedrängnis, in Gefahr,
das führte später fast zum Tod.
Als Morold, der geschlagne ›Trupp‹,
völlig kraftlos, völlig wehrlos,
beim Gehen heftig taumelte
und sich dem Stürzen überließ –
»Und jetzt?« rief Tristan aus. »Und jetzt?!
Gott steh dir bei! Nun sag schon, Morold,
kommt dir die Szene nicht bekannt vor?!
Mir scheint nur, *du* bist schwer verwundet!
Ich schätze, es steht schlecht um *dich*!
Was auch aus meiner Wunde wird –
nun bräuchtest *du* ein gutes Heilkraut!

Was auch Isolde, deine Schwester,
studiert hat in der Medizin,
du wirsts zum Überleben brauchen!
Der gütige, gerechte Gott
und Gottes Forderung nach Wahrheit,
sie haben dein Unrecht klar erkannt,
durch mich dem Recht zum Recht verholfen.
Er steh mir weiterhin zur Seite.
Dein Hochmut ist zu Fall gekommen!«
Schon ging er auf ihn zu,
griff zum Schwert und führte es
mit beiden Händen,
hackte seinem Feind den Kopf ab,
mitsamt der Ringkapuze.

Er ging zurück zum Landeplatz,
wo er das Boot von Morold fand.
Er setzte sich hinein und fuhr
sofort zum Strand und zu dem Heer.
Er vernahm dort, nah am Meer,
großen Jubel, großes Klagen.
Jubel, Klage: ich erklärs euch.
Deren Glück an seinem Sieg hing,
für die war nun ein Tag des Glücks,
des großen Jubels angebrochen;
sie klatschten mit den Händen,
sie priesen Gott mit tausend Zungen,
sie sangen unverzüglich
zum Himmel viele Siegeshymnen.
Doch für die Männer aus der Ferne
(die Fremden, die verhaßten,
die man von Irland hergeschickt),
begann der Tag der großen Klage.
Von ihnen ward so viel geklagt

wie von den anderen gesungen!
Sie rangen ihre Hände,
sie wrangen ihren Jammer.
Als die Fremden, voll des Jammers,
die klagenden Leute aus Irland,
als die in ihrer tiefen Trauer
zu ihren Schiffen gehen wollten,
kam Tristan auf sie zu und blieb
vor ihnen stehen, auf dem Strand.
»Ihr Herren«, sprach er, »fahrt hinüber,
holt euch den Tribut,
den ihr dort auf der Insel findet,
und bringt ihn heim zu eurem Herrn
und teilt ihm mit: Mein Onkel,
König Marke und seine Herren,
sie schicken ihm dies als *présent*
und lassen ihm bestellen:
Entspricht es seinem Willen,
daß er zu wünschen geruht,
seine Gesandten herzuschicken,
um solchen Tribut zu fordern,
so lassen wir sie nimmermehr
mit leeren Händen heimwärtsziehn;
mit Ehrengaben *solcher* Art
schicken wir sie ihm zurück –
so viel uns das auch kosten mag!«
Während er die Rede hielt,
verdeckte er mit seinem Schild
die Wunde und das Blut
vor den Ahnungslosen –
das sollte ihn denn später retten.
(So kehrten sie zurück, und keiner
hatte was davon bemerkt!)
Sie zogen augenblicklich ab

und setzten über auf die Insel
und fanden da statt ihres Herrn
einen zerstückelten Menschen vor;
den nahmen sie von dort auch mit.

Als sie in die Heimat kamen,
da befaßten sich die Herren
mit dem *présent*, so kümmerlich,
durch sie dorthin geschafft –
ich mein die Stücke, alle drei;
die legten sie zusammen, denn
es sollte nichts verlorengehn.
Sie trugen die vor ihren Herrn,
überbrachten ihm – ich las sie vor –
die Botschaft, dies im Wortlaut.
Ich vermute, nehme an,
hab allen Grund, es anzunehmen:
König Gormund der Kühne
war aufgebracht und tief betrübt.
Er hatte allen Grund dazu:
mit diesem einen Mann verlor er
Herz, Gesinnung, Hilfe, Mut
und die Kampfkraft vieler Ritter.
Die Feuerscheibe seiner Ehre,
von Morold in die Luft geschleudert
in allen seinen Nachbarländern –
nun war sie abgestürzt . . .
Noch größer war jedoch das Leid,
der Jammer und die Klagequal
seiner königlichen Schwester.
Sie und ihre Tochter Isolde,
sie quälten sich auf jede Weise –
ihr wißt ja, daß die Frauen
auf sehr direkte Weise leiden,

wenn ihnen Schmerz zu Herzen geht.
Sie schauten diesen toten Mann
nur an, um Trauer zu beleben,
auf daß ihr ganzes Herzensweh
nur um so größer würde.
Sie küßten ihm das Haupt, die Hand,
die ihnen Herren und ihr Land
unterworfen hatte,
wie ich bereits berichtet habe.
Die Wunden seines Haupts
beschauten sie von allen Seiten
mit scharfem Blick, in tiefer Trauer.
Da fand die sehr erfahrene
Königin mit klarem Blick
den Splitter in der Wunde.
Sie ließ ein feines Zänglein holen;
damit faßte sie hinein
und zog den Splitter so heraus.
Den schauten sie und ihre Tochter
voller Leid an, voller Jammer,
und sie beide nahmen ihn
und legten ihn in einen Schrein –
später sollte dieses Stückchen
Tristan fast das Leben kosten ...

Der Herr Morold ist nun tot.
Würd ich lang und breit erzählen
von ihrer aller Trauer
und Klage – nun, was brächte das?
Es unterhielte uns nicht besser ...
Wer könnt ihrer aller Leid beklagen?
Morold ward zu Grab getragen,
wie ein normaler Mensch begraben.
Gormund begann die Trauerzeit

und erließ sofort fürs ganze
Reich der Iren den Befehl:
Man solle eifrig Ausschau halten
und einem jeden Lebewesen,
das von Cornwall rüberkomme
(gleich, ob männlich oder weiblich),
daß man dem das Leben nehme.
Dies Gebot und der Befehl
wurden derart streng beachtet,
daß kein Bewohner Cornwalls
zu irgendeinem Zeitpunkt
nach Irland eine Reise
unternehmen und
durch Angebot, durch Zahlung
von Lösegeld verhindern konnte,
daß es ihm ans Leben ging.
So wurden schließlich viele Menschen
schuldlos mit dem Tod bestraft.
Dies alles ohne wahren Grund,
denn Morold war ja tot, mit Recht:
er hatte nicht auf Gott vertraut
und nur auf seine Kraft gebaut;
bei allen seinen Kämpfen hatten
(dies in jeder Lebensphase)
Gewalt und Hochmut mitgemacht –
die hatten ihn zu Fall gebracht.

Jubel in Cornwall. Tristan wird gefeiert. Doch seine Wunde verheilt nicht, ihr Gestank wird unerträglich. So nimmt er Abschied von Marke, reist mit kleiner Mannschaft nach Irland, obwohl dort allen der Tod droht, die von Cornwall kommen. Vor Dublin läßt er sich in einem Beiboot scheinbar aussetzen, nachts, wird am Morgen entdeckt, die Kundschafter lauschen seinem Harfenspiel.

Tristan erzählt seine dritte Lügengeschichte, wird trotz der strengen königlichen Order mitgenommen in die Stadt, wird untergebracht bei einem Arzt.

Zu dieser Zeit begab es sich,
daß ein Priester zu ihm kam
und Zeuge wurde seines Könnens
beim Spielen und beim Singen.
Was den betraf, beherrschte er
die Schule der Geläufigkeit
(großes manuelles Können
auf allen Saiteninstrumenten),
beherrschte viele fremde Sprachen.
Er hatte seine Kraft und Zeit
der Lebensart und -form des Hofes
gewidmet und geweiht;
er war Erzieher der Königin,
gehörte ihrem Gefolge an,
hatte ihr seit Kinderjahren
den Verstand geschärft
in Blick auf viele Wissenschaften,
mit vielen seltnen Künsten,
die sie von ihm erlernt.
Mit großem Eifer unterwies er
auch Isolde, ihre Tochter,
dies Mädchen, das vollkommen war,
von dem die ganze Welt berichtet,
von dem hier der Roman erzählt –
sie war ihr einzges Kind,
und sie hatte alle Sorgfalt
seit dem Tag auf sie verwendet,
an dem sie fähig ward, zu lernen,
mündlich wie auch manuell;
in seiner Obhut war auch sie.

Er war ihr Lehrer (damals, später)
im Bücherstudium, Saitenspiel.
Als der bei Tristan nun so viel
an Bildung fand und schöner Kunst,
empfand er tiefes Mitgefühl
mit dessen schlimmer Lage.
Es gab für ihn kein Zögern,
er ging von dort zur Königin
und sagte ihr, in dieser Stadt
befinde sich ein Spielmann,
der äußerst leidend sei,
der lebendgen Leibes tot sei,
und es gebe keinen zweiten,
der in der Kunst so einzig sei,
so nobel im Verhalten.
»Ah«, so rief er, »edle Königin,
wenn es sich nur machen ließe,
daß wir daran denken könnten,
daß wir ihn dort unterbrächten,
wohin Ihr schicklich kommen könntet,
um das Wunder zu erleben,
daß ein sterbenskranker Mann
mit Schönheit, die von innen kommt,
singen, Harfe spielen kann,
obwohl es doch in seinem Zustand
kein Mittel, keine Hilfe gibt –
nein, Heilung gibt es nicht für ihn!
Sein Gastherr und sein Arzt,
der ihn bisher behandelt hat,
der hat die Pflege aufgegeben!
Mit keiner seiner Fertigkeiten
kann er ihm noch Hilfe bringen.«
»Schau«, so sprach die Königin,
»ich sag den Kämmerern Bescheid:

Falls er das verträgt, verkraftet,
daß man mit ihm hantiert,
ihn unauffällig transportiert,
so werde er zu uns gebracht,
zur Klärung, ob in seinem Zustand
noch irgendwelche Hilfe nützt,
sprich: ob ihn etwas heilen kann.«
Dies geschah, dies ward getan.
Als die Königin nun sah,
wie verzweifelt seine Lage,
wie verfärbt die Wunde war,
da fand sie gleich das Gift in ihr.
»Ach, mein armer Spielmann,
deine Wunde ist vergiftet . . .«
»Wirklich?!« fragte Tristan gleich.
»Ich versteh nicht, was da los ist,
nur dies: mir kann die Kunst des Arztes
nicht Hilfe bringen, Linderung.
Ich weiß nicht mehr, was tun –
nur dies: mich Gott anheimzugeben
und, solang ich kann, zu leben.
Doch wer sich meiner noch erbarmt,
wo es so schrecklich um mich steht,
dem lohn es Gott: Hilfe tut mir not,
ich bin lebendigen Leibes tot.«
Da fragte ihn die kundige Frau:
»Spielmann, sag, wie heißt du denn?«
»Herrin, Tantris ist mein Name.«
»Tantris, vertraue dich mir an,
ich werde dich erfolgreich heilen.
Kopf hoch! Und ein Herz gefaßt!
Ich persönlich werd dein Arzt sein.«
»Dank dir, hohe Königin!
Möge deine Zunge stets erklingen,

dein Herz, es möge niemals sterben,
dein Können möge sich bewähren
und denen helfen, die es brauchen,
dein Name möge hier auf Erden
immer wertgehalten werden!«
»Tantris«, sprach die Königin,
»falls dein Zustand das erlaubt,
so hörte ich gern Saitenspiel.
Davon verstehst du, hör ich, viel.
Freilich bist du sehr geschwächt,
was ja kein Wunder bei dir ist.«
»Nein, Herrin, sagt so etwas nicht . . .
Kein Mißgeschick kann mich dran hindern,
das zu tun, so gut wie möglich,
womit man Euch zu dienen hat.«
So ließ man seine Harfe holen.
Auch ließ man augenblicklich
die Königstochter kommen,
der Liebe wahres Petschaft,
mit dem sein Herz dann später
verschlossen und versiegelt wurde
vor der ganzen Welt –
ausgenommen blieb nur *sie*!
Und sie kam, die schöne Isolde,
und schaute zu, sehr aufmerksam,
wie Tristan dasaß, Harfe spielte.
Er spielte sie jetzt weitaus besser,
als er das je zuvor getan,
schließlich hegte er die Hoffnung,
sein Unglück sei vorbei.
Ah, er harfte, sang für sie
nicht wie einer ohne Leben!
Er tat dies wahrlich lebhaft,
schien wieder guten Mutes.

Er machte es so gut für sie
bei seinem Spielen, seinem Singen,
daß er in nur kurzer Zeit
ihrer beider Neigung fand –
so sehr, daß er sein Glück gemacht.
Doch während seines ganzen Spieles
stank die Eiterwunde ständig –
wie andernorts, so war es hier.
So viel Gestank ging von ihr aus,
daß keiner auch nur *eine* Stunde
in seiner Nähe bleiben konnte.
So sagte denn die Königin:
»Tantris, falls es sich ergibt,
daß sich dein Zustand so verbessert,
daß der Gestank dann von dir weicht,
man wieder bei dir bleiben kann,
laß dir Isolde, dieses Mädchen,
der Obhut anbefohlen sein.
Sie hat in Büchern viel studiert
und dazu das Saitenspiel.
Sie versteht von allem viel,
gemessen an der kurzen Zeit,
die sie damit verbrachte.
Besitzt du aber etwas mehr
an Kenntnis und an Fertigkeit
als ihr Erzieher oder ich,
so bringe es ihr bei – für mich.
Ich mache dir dafür, zum Lohn,
den Körper ganz gesund,
das Leben wieder schön.
Ich kann dies geben und verweigern –
beides liegt in meiner Hand.«
»Ja, wenn es sich ergeben sollte«,
sprach der blessierte Spielmann,

»daß ich wieder zu mir komme
und mit dem Spielen überlebe –
bei Gott, so werd ich überleben!
Hochverehrte Königin,
weil Ihr für Euer Fräulein Tochter
diesen Plan entworfen habt,
so bin ich dessen völlig sicher:
ja, ich werde überleben!
Die Bücher habe ich studiert
in solchem Ausmaß, solchem Umfang,
daß ich mir zutrau, und dies fest,
ihr zu dienen, Euch zum Dank.
Weiter kann ich von mir sagen:
Kein Mann in meinem Alter spielt
so viele noble Saiteninstrumente.
Was Ihr davon auch wünschen mögt,
was immer Ihr von mir erwartet –
ich stehe gern zu Diensten,
soweit ich das vermag.«

Man wies ihm eine Kammer zu
und übernahm dort jeden Tag
die Behandlung und die Pflege,
um die er selber bat.
Jetzt vor allem wirkte sich
seine Klugheit günstig aus,
die er an Bord des Schiffes zeigte,
als er den Schild zur Seite hielt
und damit vor den Ahnungslosen
(vor den Männern Irlands,
als sie von Cornwall schieden)
seine Wunde ganz verdeckte.
So ahnten und so wußten sie
nicht, daß er verwundet war.
Hätten sie auch nur ein bißchen

erfahren über seine Wunde
(die Iren wußten doch genau,
wie es um die Wunden stand,
die Morold mit dem Schwerte schlug,
das er in allen Kämpfen führte),
es wäre Tristan niemals so
ergangen, wie es ihm erging.
Seine kluge Umsicht,
sie half ihm, daß er überlebte.
Hieraus läßt sich schließen,
die Lehre ziehn: Ein Mann,
der gerne den Verstand gebraucht
und der Vorausblick zeigt,
den führt die kluge Umsicht
oft zu günstigem Ergebnis.

Die Königin, die kundig war,
verwendete den Sachverstand
und all ihr Wissen nur darauf,
jenen Mann zu retten,
für dessen Leib und Leben
sie gern ihr eignes Leben
gegeben hätte und die Ehre.
(Sie haßte ihn noch mehr,
als sie sich selber liebte!)
Was immer ihr auch einfiel,
das bei ihm zu Wohlbefinden,
Hilfe, Heilung führen konnte –
daran dachte, dafür wirkte sie
vom Morgen bis zum Abend.
Das war nicht sehr verwunderlich:
sie erkannte nicht den Feind.
Hätte sie jedoch erfahren,
um *wen* sie sich so sehr bemühte,

wem sie half aus Todesnot –
gäb es Schlimmres als den Tod,
so hätte sie ihm das gegeben –
sehr viel lieber als das Leben!
Doch fiel ihr da bloß Gutes ein,
sie zeigte ihm nur guten Willen.

Wenn ich euch nun viel erzählen,
euch lange rezitieren würde
vom großen Können dieser Herrin
und welche wunderbare Heilkraft
bei ihr die Arzeneien hatten,
und was sie für ihren Kranken tat –
was sollte das, was brächte das?
Ein Wort der hohen Sprachkultur
klingt in noblen Ohren besser
als eins der Apothekerdose.
Soweit mein Denken dies vermag,
werde ich mich davor hüten,
auch nur ein Wort vor euch zu sagen,
das unschön klingt in euren Ohren,
das euren Herzen widerstrebt.
Ich will mich lieber kürzer fassen,
und zwar in jeglichem Bereich,
bevor hier der Roman für euch
durch Wörter, die der Hof nicht schätzt,
nicht schicklich, nicht erquicklich wird.
Zur Arztkunst von Madame,
zur Genesung ihres Kranken
will ich euch nur kurz erzählen:
Sie half ihm binnen zwanzig Tagen,
daß man es wieder bei ihm aushielt;
wer vorher seine Nähe suchte,
den hielt die Wunde nicht mehr fern.

Seither nahm die Königstochter
ständig Unterricht bei ihm.
Er war hier sehr gewissenhaft,
er nahm sich reichlich Zeit für sie.
Das Beste seiner Kenntnisse,
theoretisch und auch praktisch
(was ich nicht detaillieren will),
das stellte er ihr im Detail vor,
damit sie, selbst entscheidend,
an Themen wählen konnte,
was ihr passend schien.
Die schöne Isolde handelte so:
mit dem Allerbesten seiner
Kenntnisse und Fertigkeiten
befaßte sie sich auf der Stelle;
und weiter: sie vertiefte sich
in alles, was sie da begann.
Jedoch, was sie zuvor erlernt,
das half ihr jetzt entschieden;
vor dieser Zeit beherrschte sie
verbal und manuell bereits
die schönen Künste, Hofes-Formen;
die Schöne, sie beherrschte
die Sprache dort von Dublin;
sie konnte Latein, konnte *Français*;
sie spielte rühmenswert die Fidel
in der Technik der Franzosen;
sobald sie nur damit begann,
konnten ihre Finger schon
hübsch die Leier spielen
und auf der kleinen Harfe
mächtige Arpeggien zupfen;
sie führte ihre Klänge
geschickt hinauf, herunter;

des weitren sang dies Kind des Glücks
mit schöner, klarer Stimme.
Die Bildung, die sie vorher hatte,
die brachte sie jetzt sinnvoll ein;
der Spielmann, ihr Erzieher,
sorgte für die weitre Bildung.
Neben allen diesen Fächern
belehrte er sie auch in dem,
was wir als Moralität bezeichnen.
Dies Fach lehrt sittliches Verhalten.
Damit sollten sich alle Damen
beschäftigen in jungen Jahren;
das schöne Studium Moralität
hat Wirkung, die beglückt und läutert;
es befaßt sich ihre Lehre
mit Gott und mit der Welt –
mit ihren Regeln lehrt sie uns,
Gott zu gefallen und der Welt.
Sie ist für alle noblen Herzen
als eine Amme angestellt,
auf daß sie ihre Nahrung, ja
ihr Leben in der Lehre suchen.
Denn man hat nicht Reichtum, Ehre,
ohne Moralität als Lehre.
Dies war die Hauptbeschäftigung
der Königstochter,
hiermit mouvierte sie den Geist
und die Gedanken häufig,
dies machte die Gesittung fein,
die Gesinnung schön und rein,
ihr Benehmen recht und gut.
So wurde denn das schöne Mädchen
in diesem einen halben Jahr
in seinem Wissen und Benehmen

in einem solchen Maß gefördert,
daß alle Herren ihres Landes
schwärmten, sie sei makellos,
und auch ihr königlicher Vater
höchstes Glück dabei empfand;
die Mutter war sehr froh darüber.
Nun ergab sichs wiederholt,
wenn ihr Vater froh gestimmt war,
oder fremde Ritter dort
bei Hof erschienen vor dem König,
daß man Isolde in den Palas
zu ihrem Vater holte,
und sie vertrieb ihm dort die Zeit
(mit ihm auch vielen anderen)
mit ihrer ganzen Kunst des Hofes
(wobei sie sich sehr fein benahm ...).
Die Freude, die sie Gormund machte,
die stimmte einen jeden froh.
Ob von hohem, kleinem Rang –
beides fanden sie an ihr:
Augenweide, die beglückte,
Lust der Ohren und des Herzens;
in der Brust und außerhalb
war die Freude allgemein.
Isolde, diese Schönheit, sang
für sie, und schrieb und las das vor.
Was ihrer aller Freude war,
das war für sie *divertissement*.
Sie fiedelte die Estampien,
Lieder, fremden Melodien,
die äußerst fremd erscheinen mußten
(von denen kannte sie sehr viele!)
in der Stilart der Franzosen
von Sens und Saint-Denis.

Ihre Leier, ihre Harfe
zupfte sie auf beiden Seiten
mit Fingern weiß wie Hermelin,
verdiente höchstes Lob damit.
In London oder an der Themse
spielten Damenhände nie
auf Saiten lieblicher als hier
la douce Isolde, la belle.
Sie sang die *pastourelles*,
Kehrreimlieder und *rondeaux*,
Canzonen und Capriccios
so schön, so schön – betörend schön!
Sie erfüllte viele Herzen
mit unbestimmter Sehnsucht;
sie lockte mancherlei Gedanken,
so manchen Wunsch hervor.
Man dachte an wahre Wunder bei ihr,
was ja, wie ihr wißt, geschieht,
wenn man solch ein Wunder sieht
an Schönheit und an Könnerschaft,
wie sie ihr gegeben waren.
Mit wem sonst kann ich diese Schöne,
dieses Kind des Glücks vergleichen,
als allein mit den Sirenen,
die mit dem Magnet aus Stein
die Schiffe zu sich ziehn?
So zog Isolde, wie mir scheint,
viele Herzen an und Köpfe,
die sich völlig sicher wähnten
vor der Qual der Leidenschaft.
Jedoch die beiden Phänomene
Gemüt und ankerloses Schiff,
sie lassen sich recht gut vergleichen:
beide halten äußerst selten

den geraden Kurs,
sind oft in ungeschütztem Hafen,
bewegen sich heran und fort,
werden hin und her gewogt.
So treibt Begehren ohne Führung,
Gefühl der unbestimmten Liebe
dahin als ankerloses Schiff –
in genau der gleichen Weise!
Auch Isolde, kunstvoll, kundig,
die schöne Königstochter zog
aus so manchem Herzensschrein
Gedanken zu sich her,
wie der Steinmagnet das Schiff
anzieht mit Sirenensang.
Sie sang sich öffentlich und heimlich
durch Ohren und durch Augen
in viele Herzen und Gemüter.
Ihr Gesang, nun öffentlich,
in diesem Saal, auch andernorts:
der war ihr schönes Singen,
ihr zartes Saitenklingen,
das hörbar und das öffentlich
durch der Ohren Königreiche
hinunterklang bis in die Herzen.
Als heimlicher Gesang hingegen
ihre wundervolle Schönheit,
die mit ihrer Lustmusik
heimlich und verdeckt
durch die Augen-Fenster
in viele noble Herzen schlich,
den Zauberleim hinein verstrich,
der die Gedanken augenblicks
mit Sehnsucht und mit Leidenschaft
fing und fangend fesselte.

So hatte die schöne Isolde
durch Tristans Unterricht
viel hinzugewonnen!
Sie besaß ein zartes Gemüt,
war gut in Führung und Betragen;
ihr Saitenspiel war schön, gekonnt;
sie hatte große Fertigkeiten:
sie konnte lesen, konnte schreiben,
konnte ihre Texte glätten
und Lieder, *mélodies* entwickeln ...

Tristan war gesund inzwischen,
war ganz und gar geheilt,
und so hat sein Äußeres
wieder frischen Glanz gewonnen.
Nun hegte er beständig Furcht,
daß einer aus der Hofgefolgschaft,
der Herren ihn erkennen könnte,
und ständig überlegte er,
unter welchem Vorwand er
Abschied nehmen könnte,
um nicht mehr in Gefahr zu sein.
Er war sich klar: ein Grund genügte,
und Königin und Königstochter
würden ihn nicht ziehen lassen.
Doch wurde ihm bewußt: sein Leben
war sowieso zu jeder Zeit
fern von jeder Sicherheit.
Er ging zur Königin
und hielt ihr auf der Stelle
eine wohlgesetzte Rede –
das konnte er ja überall ...
Er tat vor ihr den Kniefall:

»Herrin, das Erbarmen,
das Helfen und das Pflegen,
von Euch an mir erwiesen,
mög Euch Gott im Himmel lohnen.
Ihr seid so liebenswürdig
zu mir gewesen und so freundlich,
daß Gott es Euch auf ewig lohne
und ich es Euch mit Dienst entgelte
bis ans Ende meiner Tage –
wo immer ich als kleiner Mann
Euer Loblied singen kann ...
Hochverehrte Königin,
mit Eurer gütigen Erlaubnis
möchte ich nach Hause reisen,
denn meine Lage ist nun so,
daß ich nicht länger bleiben kann.«
Ihn lächelte die Herrin an.
»Dein Schmeicheln ist umsonst,
denn ich entlaß dich nicht.
Nein, du kommst von hier nicht weg
vor Ablauf dieses Jahres.«
»Bitte, edle Königin,
zieht doch in Betracht,
was gottgewollte Ehe ist
und Liebe, die von Herzen kommt.
Ich hab zu Haus ein Eheweib,
das ich liebe wie mich selbst.
Ich bin sicher, sie nimmt an
(nein, sie hat hier keinen Zweifel!),
ich sei wahrhaftig tot.
So bin ich in der Klemme, Not:
bekommt sie einen andren Mann,
so ist die Stütze meines Lebens,

ist all das Glück dahin,
auf das ich meine Hoffnung setze,
und ich werde nie mehr froh!«
Die Kundige sagte: »In der Tat,
Tantris, dies ist geltendes Recht!
Gemeinschaft solcher Art
darf ein guter Mensch nicht trennen.
Gott schenk euch beiden Gnade,
deiner Ehefrau und dir!
So ungern ich auf dich verzichte,
ich werd, mit Gott, auf dich verzichten.
Den Abschied muß ich dir gewähren,
ich bleib dir huldvoll zugeneigt.
Ich und meine Tochter Isolde,
wir schenken dir für deine Reise,
für deinen Unterhalt ein Pfund
von rotem Barrengolde.
Empfang es von Isolde.«
Der in der Fremde legte nun
vor Königin und Königstochter,
vor der Mutter und dem Mädchen
die Hände huldigend zusammen:
die des Körpers, die des Herzens.
»Euch beiden«, sagte er, »sei Dank
und Lob von Gott bereitet.«
Und jetzt gab es kein Zögern mehr,
nach England reiste er von dort,
und von England unverzüglich
nach Cornwall und nach Hause.

Wieder in Cornwall, erstattet Tristan am Hof Bericht, stimmt eine hymnische Arie an auf die unvergleichliche Schönheit der Königstochter. Marke scheint beeindruckt. Tristan wird durch seine Erfolge verdächtig, wird beneidet, er fühlt sich bedroht. Ein Hoftag wird einberufen. Die Herren des Landes empfehlen dem König mit Nachdruck, Isolde zur Frau zu nehmen; Tristan wird als Brautwerber vorgeschlagen – so wollen einige Herren ihn loswerden ... Marke weist hin auf sein früheres Gelöbnis, nie zu heiraten, wird aber (in der frühkonstitutionellen Monarchie) überstimmt. Tristan reist mit hundert Mann nach Irland, wirft Anker vor Wexford. Rasch kommt es zu einer brisanten Situation, Tristan erfindet die fünfte Lügengeschichte. Er erhält den Schutz, den er bezahlt. Und sucht den Drachen: als Siegespreis hat König Gormund seine Tochter Isolde ausgesetzt. Großer Drachenkampf mit Krach und Dampf. Tristan siegt, schneidet die Zunge heraus, kühlt und erholt sich in einem Quellwasserbecken. Der Truchseß (ein königlicher Platzanweiser an der Tafel), der Isolde ebenfalls gewinnen möchte, findet den toten Drachen, schneidet ihm den Kopf ab, unterstützt mit diesem Beweisstück seine Forderung. Königin Isolde nimmt die Sache energisch in die Hand, der wahre Drachentöter wird gesucht. Selbstverständlich findet ihn die Königstochter. Der Ohnmächtige wird aus der Rüstung befreit, dabei wird die Zunge entdeckt. Isolde junior erkennt in ihm den Spielmann Tantris. Was ist geschehen? Die sechste Lügengeschichte. Königin Isolde unterstellt »Tantris« ihrem persönlichen Schutz. Transport zur Burg. Große Sitzung des Hoftags, es wird über den Anspruch des Truchseß verhandelt. Ein gerichtlicher Zweikampf wird beschlossen: Truchseß gegen Unbekannt.

Tristan wird wieder von den königlichen Damen gepflegt. Die Königstochter kann ihre Blicke kaum von ihm lösen; sie läßt seine Rüstung aufpolieren, betrachtet dann genauer das Schwert, sieht eine Scharte, holt aus einem Kästchen das Bruchstück: es paßt genau, das Schwert gehört also dem Mann, der ihren Onkel Morold im Kampf getötet hat! Und wer ist Spielmann Tantris?

Isoldes Spiel mit den Namenssilben bringt sie auf die Wahrheit: Tantris ist Tristan. Sie will ihn mit diesem Schwert töten, während er im Badezuber sitzt. Erregter Disput, kritische Situation. Die Mutter kommt hinzu, dann Brangaine; sie rät zur Vernunft; man arrangiert sich mit dem Todfeind des Hauses Irland. Und Tristan wirbt für seinen Onkel um Isolde.

Der Hof- und Gerichtstag beginnt. Hauptpunkt der Tagesordnung: der gerichtliche Zweikampf. Auftritt der beiden Isolden und eine große Arie über die blendend schöne Erscheinung der festlich gekleideten Königstochter. Dann Tristans Auftritt. Der Truchseß wiederholt seine Forderung, verweist auf das Drachenhaupt. Doch wo ist die Zunge? Tristan legt das Beweisstück vor, hat damit ein Anrecht auf die Königstochter. Offizieller Friedensschluß zwischen Irland und Cornwall; König Gormund übergibt dem selbstlosen Tristan seine Tochter zu treuen Händen. Vorbereitung der Abreise.

Während Tristan und die Männer
seines Landes für die Reise
jede Vorbereitung trafen,
währenddessen mischte
die Königin, die kundige,
in einem kleinen Glasgefäß
einen Liebestrank zurecht;
der wurde so subtil
ersonnen und bereitet,
mit solcher Wirkungskraft versehn:
wenn jemand ihn mit einem trank,
der konnte nur noch, unter Zwang,
jenen über alles lieben
und jener nur noch ihn allein,

und beide hatten sie gemeinsam
ein Glück, *ein* Leid, *ein* Leben, *einen* Tod.
Die Frau, so kundig, nahm den Trank,
sie sprach vertraulich mit Brangaine:
»Brangaine, meine liebe Nichte,
nimm die Sache nicht zu schwer:
du wirst mit meiner Tochter reisen,
stell dich innerlich drauf ein ...
Nun hör *genau*, was ich dir sage:
Nimm dies Gefäß mit diesem Trank,
laß es nicht mehr aus den Augen,
behüt es mehr als jeden Besitz!
Sieh zu, daß *niemand* auf der Welt
irgendwas davon erfährt;
verhüt mit *aller* Entschiedenheit,
daß irgendwer davon was trinkt.
Und hierauf achte ganz besonders:
sobald sich Marke und Isolde
im Liebesakt vereinigt haben,
so schenke ihnen diesen Trank ein,
als wär er Wein, und laß sie ihn
gemeinsam leeren. Verhüt, daß ihn
ein Dritter kostet – das hat Gründe!
Trink dies auch *selber* nicht mit ihnen!
Dieser Trank, der ist ein *Liebestrank*!
Mache dir das stets bewußt! –
Ich befehle dir Isolde
mit Liebe und mit Nachdruck an;
mein bestes Leben ist bei ihr.
Ich und sie, wir sind dir anvertraut;
du bürgst mit deinem Heil dafür. –
Und nun weißt du Bescheid!«
»Liebe Herrin«, sprach Brangaine,
»ist dies euer beider Wunsch,

so will ich gerne mit ihr reisen,
die Ehre schützen und ihr Leben,
so gut ich das nur irgend kann.«
Tristan, alle seine Leute
nahmen Abschied, hier wie dort;
sie brachen auf in Wexford –
die Stimmung war sehr gut.
Der König und die Königin
und sämtliche *suivants*,
sie folgten ihm zum Hafen –
aus Liebe zu Isolde.
Seine *amie* (dies noch nicht ahnend ...),
sein ungeahnt getreues Herzeleid,
Isolde, licht und wunderschön,
sie war in dieser ganzen Zeit
an seiner Seite, heftig weinend.
Beide, Vater und die Mutter,
verbrachten voller Traurigkeit
die sehr begrenzte Zeit;
es begannen viele Augen
naß und rot zu werden:
Isolde brachte vielen Herzen Leid,
sie weckte in sehr vielen Herzen
geheimgehaltne Schmerzen:
sie beweinten herzerweichend
Isolde, ihrer Augen Wonne;
es war da allgemein Geweine,
da weinten allgemein
viele Herzen, viele Augen,
offenkundig und geheim.
Als nun Isolde und Isolde,
die Sonne und ihr Morgenrot,
und zudem der volle Mond,
die leuchtende Brangaine –

als sie sich trennen mußten,
die eine von den beiden,
da sah man Jammern, Leiden.
Die liebevoll-loyale Bindung
wurde schmerzhaft aufgelöst.
Isolde küßte diese beiden
oft, zu wiederholten Malen.
  Nun hatten die aus Cornwall
und auch die aus Irland
(die Begleitung dieser Damen ...)
Abschied voneinander genommen,
und alle stiegen auf das Schiff.
Tristan ging zuletzt an Bord.
Die junge Königin, leuchtend schön,
die Blüte von Irland,
Isolde, ging an seiner Hand –
traurig, sehr betrübt.
Vor den Herrn verneigten sich
die zwei, erflehten Gottes Segen
für alle, die dem Lande dienten.
Sie stießen ab, sie fuhren los.
Mit lauten Stimmen fingen sie
zu singen an, mit Wiederholung:
»In Gottes Namen reisen wir.«
Und so fuhren sie dahin ...

Nun war auf Tristans Wunsch
den Damen für die Reise
mit Rücksicht auf ihr Wohlbefinden
eine Kajüte zugewiesen,
als Raum allein für sie.
Dort hielt sich denn die Königin
mit ihren jungen Damen auf,
jedoch ein Mann war nie dabei –

außer Tristan, dies zuweilen.
Er ging bisweilen dort hinein
und tröstete die Königin,
die dort saß und weinte.
Sie beweinte und beklagte,
daß sie auf diesem Weg ihr Land,
deren Menschen sie ja kannte,
verlassen mußte, auch Verwandte,
und mit fremden Leuten reiste,
ohne Zweck und Ziel zu kennen.
Dann sprach ihr Tristan jeweils Mut zu,
dies mit größter Zärtlichkeit;
bei jeglicher Gelegenheit,
wenn er zu ihr kam, ihrem Leid,
nahm er sie in seine Arme,
sehr zärtlich und ganz sanft,
doch stets nur in der Weise
eines Lehnsmanns bei der Herrin.
Der liebevoll-loyale Mann,
er bildete sich ein, er wäre
für die Schöne Trost im Unglück,
doch sooft es dazu kam,
daß er sie in die Arme nahm,
dachte die schöne Isolde
an ihres Onkels Tod,
und sagte ihm dann stets:
»Laßt das, Kapitän! Distanz!
Nehmt Eure Hände von mir weg!
Ihr seid ein lästiger Mann.
Weshalb faßt Ihr mich an?!«
»Wie, Schöne, mach ich etwas falsch?«
»Ja, Ihr – ich bin Euch feind.«
»Verehrte«, fragte er, »warum?«
»Den Onkel habt Ihr mir getötet.«

»Das ist durch Friedensschluß geschlichtet!«
»Egal – ich kann Euch nicht ertragen!
Wenn *Ihr* nicht wärt, so wäre ich
ohne Leid und ohne Kummer.
Ihr, nur Ihr allein habt mir
mit *tromperie*, Verschlagenheit
diesen Kummer aufgebürdet.
Was ließ Euch nur von Cornwall aus
nach Irland reisen, mir zum Schaden?
Die mich als Kind schon aufgezogen,
denen habt Ihr mich entluchst,
und bringt mich nun – weiß nicht, wohin.
Ich weiß nicht, warum ich verkauft bin,
und weiß nicht, was hier aus mir wird.«
»Schöne Isolde, nein, so faßt Euch!
Ihr hättet allen Grund, viel lieber
Königin mit Macht zu sein im Ausland
als ohne Rang und Eigentum zu Hause;
Ansehn, Behaglichkeit in fremdem Land,
beschämende Armut im Vaterland,
das ist ein spürbarer Unterschied!«
Das Mädchen: »Ach, Tristan, Kapitän,
was Ihr mir auch sagt – ich hätte
lieber ein bescheidnes Leben
mit Wohlsein und Behaglichkeit
als Unbehagen, Mühsal
bei einem großen Reichtum.«
»Das ist schon richtig«, sagte Tristan,
»kann man aber Reichtum
mit Behaglichkeit verbinden –
diese beiden Güter des Glücks
laufen besser im Gespann
als jedes nur für sich allein.
Nun sagt mir: Wäre es dazu

gekommen, daß Ihr jenen Truchseß
zum Ehemann genommen hättet –
wie wäre es gelaufen? Ja gewiß,
›glücklich‹ wärt Ihr dann gewesen ...!
Und jetzt dankt Ihr mir *so* dafür,
daß ich Euch zu Hilfe kam,
und Euch von ihm erlöste?«
»Ihr werdet lange warten müssen,
eh ich mich dafür bedanke ...
Ihr habt mich zwar von ihm erlöst,
doch seither habt Ihr mich so sehr
mit Kümmernis vermückert,
daß mir jetzt lieber wär, ich hätte
den Truchseß mir zum Mann genommen,
statt fortzuziehn mit Euch.
Er mag durchaus ein Schwächling sein –
doch nach kurzer Zeit bei mir
hätt er die Schwachheit aufgegeben,
für mich. Und daran hätte sich gezeigt,
bei Gott, daß er mich liebt.«
Tristan sagte: »Diese Sätze,
sie sind für mich *surprise* ...!
Daß jemand sich als stark erweist
gegen die *nature*, das fordert
viel Arbeit an sich selbst.
Die hohe Welt, sie glaubt nicht dran,
daß Schwäche Stärke werden kann. –
Verliert nur, Schönste, nicht den Mut!
Ich gebe Euch in naher Zukunft
einen König zum Gemahl,
bei dem Ihr Freude, Lebensglanz,
Reichtum, Trefflichkeit und Ehre
für alle Zukunft finden werdet.«

Die Schiffe glitten so dahin ...
Das eine wie das andre hatte
guten Wind und gute Fahrt.
Nun war die Schar der Damen
(Isolde, ihre Hofgefolgschaft)
auf dem Wasser und im Wind
Widrigkeiten nicht gewohnt,
und so litten sie recht bald
an ungewohnter Übelkeit.
Tristan, Kapitän, befahl denn,
auf die Küste Kurs zu nehmen
und einen Zwischenhalt zu machen.
Als man in einen Hafen kam,
ging fast alles Schiffsvolk
an Land; es wollte sich mouvieren.
Und Tristan ging sogleich
zu seiner blendend schönen Herrin,
zu Begrüßung und Besuch.
Und als er bei ihr Platz genommen
und sie sich dies und jenes sagten
von dem, was sie betraf,
da bat er drum, man möge ihm
zu trinken bringen. Freilich waren,
abgesehen von Isolde,
nur junge, kleine Damen dort.
»Schaut«, rief eine, »hier steht Wein,
in diesem kleinen Glasgefäß!«
Nein, es war kein Wein darin,
obwohl es ähnlich aussah:
es war der fortgesetzte Schmerz,
das pausenlose Herzeleid,
an dem sie beide sterben werden –
doch davon wußte sie noch nichts ...
Das Kind stand auf, ging gleich dorthin,

wo jener Trank im Glasgefäß
verwahrt war, im Versteck.
Sie bot ihn Tristan, ihrem Kapitän,
der bot ihn seinerseits Isolde.
Sie trank nach langem Widerstreben
und gab ihn Tristan, und er trank,
und beide wähnten, es wär Wein.
In dem Moment erschien Brangaine
und erkannte gleich das Glas
und wußte, was geschehen war.
Sie zuckte, sie erschrak so sehr,
daß sie alle Kraft verlor –
schon sah sie aus wie eine Tote.
Mit totem Herzen ging sie hin,
nahm das verfluchte Todesglas
und trug es raus und warf es
ins Meer – es tobte wild.
»Ach, ich Ärmste«, rief sie, »ach,
daß ich je geboren wurde!
Ich Arme brach mein Ehrenwort,
meine Ehre ist verloren!
Mög es Gott auf ewig reuen,
daß ich zu dieser Reise aufbrach,
daß mich der Tod nicht holte,
als man mich auf die Todesfahrt
mit Isolde losgeschickt.
Weh euch, Tristan und Isolde,
der Trank ist euer beider Tod!«
Als nun das Mädchen und der Mann,
Tristan und Isolde, *beide*
den Trank getrunken hatten – schon
war der Menschheit Unrast da,
LIEBE, Fallenstellerin der Herzen,
stahl sich in beider Herz hinein.

Bevor sie etwas davon merkten,
hißte sie die Siegesfahne,
unterwarf sie ihrer Macht.
Die vorher zwei und zwiegeteilt,
sie wurden *eins* und ungeteilt.
Zwischen beiden gab es *nichts* mehr,
das sie gegenseitig abstieß,
Isoldes Feindschaft war dahin.
Die Friedensstifterin, Frau LIEBE,
hatte ihrer beider Sinne
von Feindschaft so gereinigt,
in Liebe so vereinigt,
daß einer für den anderen
durchklart war wie ein Spiegelglas.
Sie beide teilten sich *ein* Herz.
Ihr Kummer war sein Schmerz,
sein Schmerz, er war ihr Kummer.
Sie waren beide völlig eins
in Freude und in Leid, jedoch
versteckten sie sich voreinander;
das tat der Zweifel, tat die Scham:
sie schämte sich, er ebenfalls,
sie zweifelte an ihm, er an ihr.
Wie blind auch ihrer beider Herzen
nach der *einen* Lust begehrten,
so war doch für die zwei der Anfang
schwer und der Beginn. Dies hielt
die Lust vor ihnen noch versteckt.
Als Tristan spürte, daß er liebte,
fiel ihm die Verpflichtung ein,
loyal zu sein und ehrenhaft,
und wollte sich entziehn.
»Nein«, so dachte er bei sich,
»Tristan, laß es sein, besinn dich,

nimm es gar nicht erst zur Kenntnis!«
Jedoch sein Herz, es wollte halt zu ihr ...
Er kämpfte gegen sein Verlangen,
begehrte gegen sein Begehren auf.
Er wollte sie und wollte nicht.
Der Mann, der nun gefangen war,
versuchte immer wieder,
sich von der Fessel zu befrein –
das zog sich lange hin.
Der loyale Mann empfand
sehr stark die Qual, die doppelt war:
schaute er Isolde an,
und begann die süße LIEBE,
sein Herz und seine Sinne
mit ihrer Hilfe zu verstören,
so dachte er an seine EHRE,
die zog ihn weg von dort;
doch schon ging LIEBE auf ihn los,
die Herrin im ererbten Amt,
und zwang ihn wieder zur Gefolgschaft.
Seine Treue, seine Ehre,
sie forderten ihn sehr;
LIEBE forderte noch mehr,
sie tat ihm mehr als weh:
sie quälte ihn noch stärker
als beide: Treue und die Ehre.
  Sein Herz, es sah sie lächelnd an,
doch seine Augen riß er los.
Wenn er sie freilich gar nicht sah,
so war dies seine größte Qual.
Er überlegte immer wieder
(wie es der Gefangne tut),
wie er ihr entfliehen könnte,
und er dachte wiederholt:

»Wend dich andren Frauen zu!
Wandle dies Begehren um!
Denk woanders an die Liebe!«
Jedoch, da war und blieb die Fessel.
Sein Herz nahm er sich vor, den Kopf,
er wollte Änderung in ihnen,
doch es gab in ihnen nur
Isolde und die Liebe.
Auch Isolde ging es so:
sie versuchte es mit Nachdruck,
dies Leben wurde ihr zur Last.
Als sie den Vogelleim der Liebe,
der Verführerin, entdeckte
und merkte, daß die Sinne
im Leim schon steckenblieben,
da wollte sie auf festen Grund,
sie wollte raus und weg. Jedoch,
es klebte schon der Leim an ihr,
zog sie zurück, hinab.
Die Schöne wehrte sich beständig,
doch kam mit keiner Regung weiter;
sie wollte ungern Folge leisten,
mit Füßen und mit Händen
versuchte sie es hier und dort,
regte sich, bewegte sich,
jedoch gerieten Hände, Füße
jedesmal noch tiefer
in die blinde Süße
der Liebe und des Mannes.
Die festgeleimten Sinne
konnten sich in keiner Richtung
wegen, stegen oder brücken,
keinen Fuß weit oder Schritt –
die Liebe, sie hielt ständig mit.

Wohin, woran auch immer
Isolde denken mochte,
da war nicht dies, da war nicht das,
da war nur TRISTAN und die LIEBE.
Doch blieb das alles im Geheimen.
Ihr Herz und ihre Augen
befanden sich im Widerstreit.
Die Scham riß Blicke von ihm los,
die Liebe zog ihr Herz zu ihm.
Die zerstrittene Gruppierung
Mädchen/Mann und Liebe/Scham,
die brachte sie nur in Verwirrung.
Das Mädchen wollte diesen Mann,
doch löste sie den Blick von ihm;
die Scham, sie wollte lieben,
doch zeigte sie das keinem.
Was brachte das? Scham und Jungfrau
(so lautet ein geflügelt Wort)
sind flüchtige Erscheinungen,
die gibt es nur mal kurz zu Anfang,
die leisten nicht lang Widerstand.
Isolde gab den Kampf denn auf
und tat, was sich für sie ergab:
die Besiegte lieferte
dem Manne und der Liebe
sich selber aus, mit ganzem Herzen.
Zuweilen blickte sie hinüber
und beschaute ihn verstohlen.
Die hellen Augen und ihr Herz,
sie stimmten völlig überein;
ihr Herz und ihre Augen,
sie warfen sich ganz heimlich, zärtlich
räubernd auf den Mann.
Und innig, liebevoll

erwiderte der Mann die Blicke.
Als die Liebe ihn nicht freiließ,
gab er sich ebenfalls geschlagen.
Der Mann, das Mädchen machten sich
zu jeglicher Gelegenheit,
bei der das möglich war mit Anstand,
im Wechselspiel zum Augenschmaus.
Die Liebenden erschienen sich
sehr viel schöner als zuvor:
das Gesetz, das Recht der Liebe!
So ist es heuer, wars im Vorjahr,
so bleibt es, wo die LIEBE herrscht,
bei allen Liebespaaren:
Daß sie einander mehr gefallen,
als es noch zu Anfang war,
sobald in ihnen Liebe wächst,
die Blüten und dann Früchte trägt
von liebesschönen Dingen.
Die früchtereiche Liebe
macht schöner, nach dem Anbeginn;
sie trägt in sich den Samen,
der sie unvergänglich macht.

Die Schiffe stachen wieder in See
und fuhren beschwingt dahin –
freilich hatte LIEBE
an Bord zwei Herzen
abgebracht von ihrem Kurs.
Die beiden waren gedankenschwer,
beide waren sie belastet
von dem lieben Leid,
das Wunder wirkt wie folgt:
Das Honigsein vergällt es,
das Süßsein verbittert es,

das Feuchtsein entflammt es,
das Mildsein verätzt es,
die Herzen entherzt es,
die ganze Welt verkehrt es.
Dies hatte Tristan und Isolde
große Schmerzen zugefügt.
Sie quälte *eine* Drangsal
auf befremdliche Weise:
es konnte keiner dieser beiden
sich entspannen, Ruhe finden,
solang sie sich nicht sahen;
sobald sie sich dann sehen konnten,
ging es ihnen wieder nah,
denn die beiden konnten
ihr Verlangen nicht vereinen.
Die Scheuheit war der Grund, die Scham,
die ihnen Lustgefühle nahm.
Wenn sie sich gelegentlich
heimlich mit geleimten Augen
sehen konnten,
glich die Tönung ihrer Haut
dem Zustand von Vernunft und Herz.
Der LIEBE, dieser Schminkerin,
schien es nicht damit getan,
daß man sie in noblen Herzen
heimlich und verborgen trug,
sie wollte auch auf den Gesichtern
ihre Herrschaft sichtbar machen.
Die zeigte sich hier wechselhaft;
die Schminke hielt nicht lang bei ihnen,
nicht lange hielt bei ihnen Schminke;
unablässig wurden sie
wechselweise bleich und rot;
sie wurden rot und wieder bleich,

betont durch Schminken der Frau LIEBE.
Daran erkannten diese beiden
(und das gehört sich hier auch so!),
daß ein gewisses Etwas: Liebe
in den Gefühlen dieser beiden
dem andren zugewendet war.
Und sogleich begannen sie,
sich ihre Liebe auch zu zeigen,
Gelegenheit und Zeit zu suchen
für Geflüster und Gespräch.
Das Jägerpaar im Dienst der LIEBE
legte wechselseitig Schlingen,
wiederholt, und spannte Netze,
legte sich mit Frag und Antwort
Meutenposten an und Fangplatz.
  Sie hatten sich sehr viel zu sagen.
Isoldes Anfang der Erzählung
war ganz im Stile eines Mädchens:
sie kam dem Liebsten, dem *ami*
auf weitem Umweg näher.
Zuerst erinnerte sie dran,
wie er einsam und verwundet
in einem kleinen Boot
auf Dublin zugetrieben kam,
wie ihn die Mutter zu sich nahm,
wie sie ihn dann heilte,
und was sich weiter so ergab:
wie sie selbst, von ihm belehrt,
erst richtig schreiben lernte
und Latein und Saitenspiel.
Sie sprach (in einem weiten Kreis,
den sie ihm vor Augen führte)
über seinen Mut, den er
vor allem beim *dragon* bewiesen.

Und wie sie zweimal ihn erkannte:
im Wasserloch, im Badezuber ...
Ihr Gespräch war ausgewogen:
sie sprach zu ihm und er zu ihr.
»Ach«, so Isolde, »als sich mir
jene große Chance bot –
Herrgott, wie schaffte ich es nur,
daß ich Euch nicht im Bad erschlug?
Hätt ich gewußt, was ich jetzt weiß,
es wäre Euer Tod gewesen!«
»Weshalb denn das, Isolde, Schöne?
Was verstört Euch? Und was wißt Ihr?«
»Was ich jetzt weiß, verstört mich.
Was ich jetzt seh, das tut mir weh.
Mich bedrücken Meer und Himmel;
Leib und Leben, sie belasten mich.«
Sie stützte sich nun auf und lehnte sich
an ihn mit ihrem Ellenbogen –
damit fing die Kühnheit an!
Ihre spiegelblanken Augen
füllten sich diskret mit Tränen ...
ihr Herz, es wurde ihr so schwer ...
die schönen Lippen blähten sich ...
langsam sank der Kopf herab ...
Ihr Freund begann sie daraufhin
mit den Armen zu umfangen,
nicht zu fest und nicht zu schwach –
wie es einem Fremden zusteht.
Er fragte sanft und leise:
»Nun, Schöne, Liebe, sagt es mir:
Was verstört Euch? Was beklagt Ihr?«
Isolde, Ködervogel der Frau LIEBE:
»A-ma-re, das ist meine Not,

a-ma-re drückt mir aufs Gemüt,
a-ma-re fügt mir Schmerzen zu.«
Nachdem sie dies »a-ma-re« mehrfach
wiederholt, bedachte Tristan
die Bedeutung dieses Wortes,
trieb es prüfend in die Enge.
Er begann, sich klarzumachen,
daß amare: *lieben* heißt,
amare: *wie bitter!*, a mare: *oh Meer!*
Die Zahl der Deutungen schien Legion!
Eins von dreien schloß er aus,
befragte nur die andren zwei;
er sprach nicht über Liebe,
die Herrin dieser beiden,
ihr beider Hoffen, ihr Begehren,
er sprach nur über *Meer* und *bitter*.
»Isolde, Schöne, ich vermute,
Eure Not sind *Meer* und *bitter*.
Ihr riecht nicht gerne Wind und Meer.
Ich glaube, beide sind Euch *bitter*.«
»Nein, Herr, nein, was sagt Ihr da?!
Keines von den beiden stört mich,
ich riech nicht ungern Luft und Meer,
allein a ma-re tut mir weh.«
Weil ihm nur *die* Bedeutung blieb,
hörte er heraus: das *Lieben*.
Und zärtlich sagte er zu ihr:
»Schöne, ja, so gehts mir auch,
a-ma-re und Ihr bringt mich in Not.
Herzensherrin, liebe Isolde,
Ihr allein und Eure Liebe,
Ihr habt mir den Verstand, die Sinne
verwirrt, sie mir geraubt.

Ich bin so sehr, so weit
abgekommen von dem Kurs –
ich finde nie zu mir zurück!
Alles, was mein Auge sieht,
wird mir lästig, zur Belastung,
gibt mir nichts, ist mir egal;
es gibt in dieser Welt nur eins,
das meinem Herzen lieb ist: *Ihr*!«
»Herr, Ihr seid es so bei *mir*.«
　Als die Liebenden bei sich
das *eine* Denken, *eine* Fühlen,
den *einen* Wunsch entdeckten,
wurde beider Leidenschaft
gedämpft, zugleich entfesselt.
Ein jeder schaute, jeder sprach
den anderen nun kühner an:
er das Mädchen, sie den Mann.
Das Fremdeln war bei ihnen weg:
er küßte sie, sie küßte ihn
mit Zärtlichkeit, die innig war.
Dies war beglückender Beginn
der Linderung durch Liebe.
Sie schenkten ein, sie tranken
Beglückung, die von Herzen kam.
Kaum fanden sie Gelegenheit,
so kam es zwischen ihnen
zu geheimem Hin und Her,
und dies so sehr diskret,
daß keiner in der kleinen Welt
die Neigung, ihr Verlangen merkte,
außer ihr, die das ja wußte:
die kundige Brangaine.
Die schaute wiederholt diskret
und unbemerkt hinüber,
entdeckte ihre Heimlichkeiten

und dachte sich fast jedesmal:
»Oh weh ... ! Jetzt bin ich im Bilde ... !
Die ersten Zeichen einer Liebe ... !«
Und sie begann schon bald an beiden
zu sehn, wie ernst es ihnen war,
entdeckte im Erscheinungsbild
Zeichen innren Leidens
der Gemüter, ihrer Herzen.
Das Leid der beiden quälte sie,
denn sie bemerkte unablässig:
amaren und amouren,
seufzen, lamentieren,
grübeln und pensieren,
die Farben variieren.
Vor lauter Grübeln hatten sie
ganz den Appetit verloren,
bis der Mangel und das Leid
ihre Körper ganz besiegten,
so daß Brangaine Angst bekam
aus diesem Grund, der Furcht verfiel,
dies wäre ihrer beider Ende,
und sie dachte: »Raff dich auf,
find heraus, was da geschieht!«
Eines Tages nahm sie Platz
bei ihnen – vertraulich und vertraut.
Die Stolze und die Kluge sagte:
»Hier ist sonst niemand, nur wir drei –
sagt, ihr beiden, was verstört euch?
Ich sehe euch zu jeder Zeit
in Grübelein verfallen,
hör euch seufzen, klagen, jammern.«
Tristan: »Könnte ich das wagen,
ich würde Euch das sagen ...«
»Ja, Herr, nur zu! So sprechts schon aus!
Sagt mir, was Ihr sagen wollt.«

»Verehrte, Beste«, sprach er da,
»ich wage nicht, hier mehr zu sagen,
bevor Ihr Euch dafür verbürgt,
und zwar durch Ehrenwort und Eid,
daß Ihr uns beiden Ärmsten
Freundlichkeit erweisen wollt.
Andernfalls sind wir verloren.«
Brangaine hob die Schwurhand,
gelobte und verbürgte
mit ihrem Ehrenwort und Eid,
sie stünde ihnen zur Verfügung.
»Beste, Treue«, sagte Tristan,
»nun denkt zuerst an Gott,
danach an Euer Seelenheil.
Macht Euch unser Leid bewußt
und die Beklemmung unsrer Not.
Ich Armer und die arme Isolde –
ich weiß nicht, was mit uns geschah!
Wir zwei, wir haben binnen kurzem
durch ein verwunderliches Leid
beide den Verstand verloren.
Wir kommen fast vor Liebe um,
und finden dennoch nicht die Zeit,
die günstige Gelegenheit,
denn Ihr, Ihr stört uns unablässig!
Wahrhaftig, wenn wir sterben,
seid Ihr alleine schuld daran!
Unser Tod und unser Leben
sind in Eure Hand gegeben. –
So, Ihr wißt damit Bescheid . . .
Brangaine, hochverehrtes Mädchen,
nun müßt Ihr Eurer Herrin und mir
Gunst erweisen, Hilfe leisten!«
Brangaine zu Isolde: »Herrin,

ist der Grund für Euren Kummer
solche Qual, wie er sie nennt?«
Isolde: »Ja, mein Herzcousinchen.«
Brangaine sprach: »Das reue Gott,
daß der Teufel seinen Spott
mit uns auf solche Weise trieb! ...
Nun sehe ich: es geht nicht anders,
ich kann mich, euch zuliebe,
nur *so* verhalten, daß mir Leid
erwächst und Schande für euch beide.
Doch ehe ich euch sterben lasse,
verschaff ich lieber die Gelegenheit
zu allem, was ihr treiben wollt.
Unterlaßt nicht wegen mir,
was ihr aus eignem Antrieb
nicht lassen wollt für euer Ansehn.
Doch soweit ihr euch beherrschen,
jenem Akt entsagen könnt,
so übt Entsagung. Dies empfehl ich.
Außer uns, zu dritt, darf niemand
von dem Skandal erfahren;
verbreitet ihr das irgendwie,
so gehts an eure Ehre;
erfährt das außer uns noch einer,
seid ihr verloren, ich mit euch.
Herzensherrin, schöne Isolde,
Euer Leben, Euer Tod,
die seien ganz in Eurer Hand;
verfügt nun über Tod und Leben,
wie es Euch beliebt.
Ihr müßt von diesem Zeitpunkt an
wegen *mir* nichts mehr befürchten.
Was euch recht scheint – macht es doch!«

In dieser Nacht, in der die Schöne lag
und sich in quälenden Gedanken
sehnte nach dem Herz-*ami*,
da kamen in den Raum
ihr *ami* und ihre Ärztin
(Tristan und die LIEBE)
leise reingeschlichen:
die LIEBE, nun als Ärztin,
führte an der Hand
ihren Kranken (Tristan), fand
dort Isolde (ihre Kranke) vor.
Sie nahm sogleich die beiden Kranken,
gab ihn ihr und gab sie ihm
wechselseitig als Arznei.
Was andres hätte diese beiden
im gemeinschaftlichen Leiden
vereinigen und trennen können,
als Vereinigung der beiden,
die Schlinge ihrer beiden Sinne?
Die LIEBE, Schlingenlegerin,
schlang die Herzen dieser zwei
in eins, mit ihrer süßen Schlinge
und dies mit derart großem Können,
mit solcher Wunder-Wirkungskraft,
daß sie in allen spätren Jahren
in ihr gefangen waren.

Ich weiß es: Tristan und Isolde,
die beiden voller Ungeduld,
nahmen sich (wie andre auch)
viel von ihrem Leid und Kummer,
als sie das Ziel erreichten ihres
wechselseitigen Verlangens.
Vorüber war nun das Begehren,
das Gedanken in die Enge treibt.

Wonach die Liebenden begehren,
das trieben diese beiden oft;
sobald die Stunde dafür kam,
sich die Gelegenheit ergab,
da gaben und da nahmen sie,
liebevoll und treu gestimmt,
für sich selbst und für die Liebe
willig den Tribut und Zins.
Auf dieser Reise, dieser Fahrt
fühlten sie sich innigst wohl.
Als das Fremdeln erst mal weg war,
wurde ihr intimes Leben
wunderschön und wundervoll.
Und dies war klug, war sinnvoll;
die sich vorm anderen verstecken,
nachdem sie sich dem andren zeigten,
die dann ihrer Scham verfallen,
sich zurückziehn in der Liebe,
die bestehlen nur sich selbst.
Je mehr man, gegenseitig, sich versteckt,
desto mehr bestiehlt man sich,
vermischt das Schöne mit dem Leid.
Doch diese beiden Liebenden,
sie spielten keineswegs Versteck;
auch im Sprechen, mit dem Blicken
waren sie intim.
Sie vertrieben sich die Reisezeit
mit einem Leben des Genusses.
Doch war das nicht umsonst zu haben:
sie litten an der Zukunftsfurcht.
Sie nahmen in der Furcht voraus,
was sich später auch erfüllte,
was ihnen dann viel Freude nahm
und mancherlei Bedrängnis brachte:

der Umstand, daß die schöne Isolde
einem Mann gehören sollte,
dem sie nicht gehören wollte.
Und noch ein Leid bedrückte beide:
Isolde war nun nicht mehr Jungfrau.
Das brachte ihnen Leid,
das ließ die beiden leiden.
Doch die Belastung war für sie
zu ertragen, und zwar leicht,
denn sie erfüllten unbefangen
wechselseitig ihr Verlangen,
oft, ja ständig wiederholt.
  Als sie nun so nah
auf Cornwall zugefahren waren,
daß man dies Land gut sehen konnte,
waren alle froh darüber.
Alle waren hoch erfreut,
außer Tristan und Isolde,
es machte *ihnen* angst und bange.
Ihr Wille, wäre der geschehn,
sie hätten *nie mehr* Land gesehn!
Die Furcht um ihren guten Ruf,
die machte ihre Herzen wund.
Sie suchten beide eine Lösung,
was sich unternehmen ließe,
um Isolde, nun als Frau,
dem König zu verweigern.
Wie sehr auch junge Liebende
wegen ihrer jungen Jahre
um guten Rat verlegen sind –
die junge Frau fand eine Lösung ...

Auf weiten Umweg sei verzichtet:
Isolde, noch so jung an Jahren,

kam auf eine List und Täuschung,
die im Moment am besten war:
nichts Weiteres zu unternehmen,
als von Brangaine zu erbitten,
in der ersten Nacht
bei Marke, ihrem Herrn, zu liegen,
mit ihm intim zu sein –
ohne Plauderei, Geschrei.
Die beste Weise der Verweigerung,
denn sie war Jungfrau und war hübsch ...
Auf diese Weise bringt die LIEBE
auch Ehrenwert-Gesinnten bei,
fromme Täuschung zu versuchen,
obwohl sie gar nicht wissen dürften,
was zur Täuschung solcher Art
und zum Betrug vonnöten ist.
Die Liebenden, sie taten dies:
sie baten die Brangaine
so lang mit solchem Nachdruck,
bis sie es zuletzt erreichten,
daß sie ihnen fest versprach,
sie werde das vollziehn.
Doch fiel ihr das Versprechen schwer;
die Bitte ließ sie mehr als einmal
erröten und erbleichen;
hier wurde ihr viel zugemutet.
Die Bitte war auch ungewöhnlich ...
»Liebe Herrin«, sprach Brangaine,
»Eure Mutter, meine Herrin,
die hochverehrte Königin,
befahl Euch meiner Obhut an;
drum hätt ich Euch auf dieser Reise,
auf der verwünschten Fahrt
vor diesem Leid bewahren sollen,

doch wegen meines Leichtsinns
ertragt Ihr Schmach und Leid.
Ich darf darüber nicht sehr klagen,
ich muß die Schmach mit Euch ertragen;
jedoch, es wäre ganz in Ordnung,
wenn ich die Schmach *allein* ertrüge –
wärt Ihr dann bloß von ihr befreit ...
Allmächtger Herr des Himmels,
wie konntest Du mich so vergessen!«
Da sprach Isolde zu Brangaine:
»Beste Cousine, sag mir schon:
Was meinst du? Was verstört dich?
Ich frage mich erstaunt, was du beklagst.«
»Herrin, nun, vor kurzem hab ich
ein Glasgefäß vom Schiff geworfen ...«
»Ja, das stimmt. Was ist dabei?«
»Ach«, so rief sie, »dieses Glas ...
ja, der Trank, der darin war,
der ist euer beider Tod!«
»Wieso, Cousine?« sprach Isolde.
»Was hat das auf sich?« »Das ist so ...«
Sie erzählte beiden die Geschichte
vom Anfang bis zur Gegenwart.
Tristan sprach: »Das walte Gott ...
Ob hier nun Leben ist, ob Tod –
es hat mich angenehm vernichtet ...
Wie *jener* Tod wird, weiß ich nicht –
dieser Tod ist schön für mich.
Wenn die verlockende Isolde
für immer *so* mein Tod sein sollte,
so wollt ich mich, aus freien Stücken,
mit einem Dauertod beglücken.«

Tristan schickte Boten
in zwei *bâteaux* an Land,
ließ Marke gleich Bericht erstatten,
wie die Werbung um die Schöne
von Irland ausgegangen sei.
Marke rief sofort zusammen,
die er zusammenrufen konnte;
schon eilten tausend Boten los,
um Ritterherren einzuladen.
Man empfing in großer Zahl
die eignen Leute und die Fremden.
Das Schlimmste und das Beste,
das Marke mit den zwein empfing,
an denen sein weitres Leben hing,
dies empfing er derart herzlich,
wie ein Mann sein Allerliebstes
mit Recht empfangen soll.
Marke ließ zu diesem Zeitpunkt
den *barons* des Lands bestellen,
daß alle binnen achtzehn Tagen
am Hofe zu erscheinen hätten,
und zwar so, daß sie zu ihm
auf seinem Hochzeitsfest gut paßten.
Dies geschah auch, dienstbeflissen.
Man reiste hin mit allem Pomp.
Prächtige Gruppen kamen
von Ritterherren und von Damen,
um ihren Augenschmaus zu sehn:
Isolde, blendend schön.
In erstaunlichem Gedrängel
wurde sie genau gemustert,
und man erklärte nur dies eine:
»Isolde, Isolde la blonde,

merveille de tout le monde –
Isolde ist ein wahres Wunder
für die gesamte Welt!
Es ist wahr, was man von diesem
verehrten Mädchen so erzählt:
Sie spendet, wie die Sonne,
der hohen Welt nur Wonne.
Kein Königreich erhielt zuvor
ein derart wonneschönes Mädchen!«

Sobald sie nun vermählt war,
wurde ihr das Recht verbrieft
auf Cornwall wie auf England;
dies unter der Bedingung,
daß Tristan weiter Erbe bleibe,
falls sie keine Kinder kriege.
Man gelobte ihr die Treue.
Sie, Brangaine, Tristan:
sie hatten vor der Nacht,
in der sie mit dem Herrn der Ehe,
mit Marke, in das Bett gehn sollte,
dafür gesorgt, mit aller Umsicht,
den Raum und die Gegebenheiten
herzurichten mit Geschick
und alles bestens zu bereiten.
In Markes eignem Zimmer
war keiner außer diesen vieren:
der König selbst und diese drei.
Marke lag bereits im Bett;
Brangaine trug die Kleider
der Königin Isolde –
es waren ihrer beider Kleider
wechselweise ausgetauscht.
Tristan führte nun Brangaine

zur Statt des Schmerzes und der Qual;
die Lichter löschte Herrin Isolde;
Marke riß Brangaine an sich.
Ich weiß nicht, wie ihr die Eröffnung
des Vollzugs gefiel –
sie litt derart geschmeidig,
daß nicht ein Schrei zu hören war.
Was ihr Gespiele mit ihr trieb,
mit welchem Wunsch er sie bedrängte,
sie gab dem nach. Sie zahlte aus
mit Bronze und mit Gold –
und dies so, wie *er* das wollte.
Ich bin der festen Überzeugung,
daß zuvor noch nie geschah,
daß man Verbindlichkeit in Gold
durch derart schöne Bronze
erfüllte, bei der Bett-Vergütung.
Ich wette meinen Kopf darauf:
Man hat seit Adams Zeiten nie
Falschgeld derart echt geprägt,
noch nie so anerkannte Fälschung
zu einem Mann ins Bett gelegt!

Während diese beiden lagen,
in ihr Bettspiel ganz vertieft,
war Isolde all die Zeit
voller Sorge, voller Furcht.
Unaufhörlich dachte sie:
»Lieber Gott, beschütze mich
und hilf, daß mein Cousinchen
auch einhält, was wir ausgemacht.
Wenn sie, womöglich, dieses Bettspiel
zu lang, zu intensiv betreibt,
kriegt sie, fürcht ich, so viel Spaß,

daß sie dort leicht bis morgen bleibt!
Damit werden wir dann alle
bloßgestellt und zum Gespött!«
Nicht doch: redlich, lauter waren
bei ihr Gedanken und Gefühle.
Nachdem sie an Isoldes Stelle
ihre Pflicht geleistet hatte,
die Verbindlichkeit erfüllt,
verzog sie sich aus seinem Bett.
Isolde war gleich griffbereit;
sie setzte sich an dieses Bett,
als wäre sie dieselbe Frau.
Der König wollte nun den Wein.
Er folgte so der Tradition,
denn damals war es Brauch,
den man stets befolgte:
nachdem ein Mann mit einem Mädchen
geschlafen, es entjungfert hatte,
daß jemand dann mit Wein erschien
und sie beide trinken ließ –
gemeinsam, ohne Unterschied.
Auch dort erfüllte sich der Brauch.
Sein Neffe Tristan brachte gleich
beides: Licht und Wein.
Der König trank, die Königin ...
(Allerdings erzählen viele,
hier sei noch was vom Trank gewesen,
der bei Tristan und Isolde
zur Passion der Herzen führte.
Nein, es gab nichts mehr vom Trank:
Brangaine warf ihn ja ins Meer!)
Nachdem sie diesen Brauch erfüllt,
beide nach dem Brauch getrunken,
legte sich die neue Königin
Isolde, schmerzvoll leidend,

mit unbemerktem Schmerz
des Herzens, des Gemütes
zum König, ihrem Herrn, ins Bett.
Der griff nun sein Vergnügen auf,
er riß sie fest an sich heran –
für ihn war Frau gleich Frau!
So erschien auch sie ihm gleich
von handgerechtem *maniement*.
Für ihn war eine wie die andre!
Bei jeder dieser beiden
fand er Gold und Bronze.
Aus dem Bett und rein ins Bett
erfüllten sie Verbindlichkeiten
auf eine Art, daß ihm nichts auffiel.

Das Komplott ist also erfolgreich: Marke schläft mit zwei Frauen und merkt es nicht. Doch Isolde ist beunruhigt: könnte Brangaine Gefühle für den König entwickeln und ihm alles verraten? Zwei Engländer werden beauftragt, sie zu töten. Brangaine fleht um Gnade, erzählt in einem Gleichnis, weshalb sie beseitigt werden soll, rettet so ihr Leben. Versöhnung zwischen den beiden Frauen.

Isolde und Tristan betrügen Marke bei jeder Gelegenheit – sie entwickeln subtile Techniken, ihn und die Hofgesellschaft zu hintergehen.

Und Marke wird zusätzlich getäuscht: Gandin, ein irischer Herr, luchst ihm, nach einem Blanko-Versprechen, die Frau ab, nimmt Isolde mit zum Hafen, will mit ihr nach Irland. Marke wehrt sich nicht, auch ist – mal wieder – keiner seiner Herren zum Kampf bereit. Tristan erfährt von diesem Vorfall, luchst Isolde dem Herrn aus Irland wieder ab, bringt sie seinem Onkel zurück und liest ihm die Leviten.

Das Ansehn Tristans und sein Ruhm,
sie florierten nun verstärkt
am Hof und bei den Herrn des Landes;
man feierte an Tristan
den Verstand, die Fähigkeiten.
Tristan und die Königin,
sie waren wieder munter, froh,
und mit vereinten Kräften
schenkten sie einander Lust.
Tristan hatte seinerzeit
einen *compagnon*,
der war ein nobler *baron*,
war des Königs höchster Truchseß
(er wies den Herren Plätze an);
sein Name: Meriadoc.
Der pflegte ebenfalls mit Tristan
Freundschaft, gutes Einvernehmen
im Hinblick auf die schöne Herrin,
der er heimlich zugeneigt war –
wie viele Männer vielen Damen,
die das kaum zur Kenntnis nehmen.
Tristan und der Truchseß,
die beiden teilten sich
redlich eine Unterkunft
und waren gern beisammen.
Weil Tristan schön erzählen konnte,
war beim Truchseß längst Gewohnheit,
des Nachts so nah bei ihm zu liegen,
daß das Plaudern einfach war.
Eines Nachts geschah nun dies:
er hatte in Gesellschaft Tristans
viel und vielerlei
geplaudert und erzählt
und war darüber eingeschlafen.

Tristan, der Liebende,
stahl sich ganz diskret davon
auf seinen Äse-Wechsel;
das brachte reichlich Herzeleid
für ihn und für die Königin.
Weil er sich völlig sicher fühlte
und glaubte, nicht verbellt zu werden,
hatte ihm die Unglücksgöttin
Fallen, Spurlaut, Stöbern
auf jene Fährte angesetzt,
die er manchmal zu Isolde
hochgestimmt gegangen war.
Der Weg war diese Nacht beschneit.
Auch schien zu dieser Zeit
der Mond sehr klar und hell.
Tristan fühlte sich da gar nicht
bespäht und nachgestellt,
völlig unbekümmert ging er
dorthin, wo er ein Stelldichein
mit ihr haben sollte.
Kaum war er in der Kemenate,
nahm Brangaine sich ein Schachbrett,
lehnte es vors Licht.
Sie ließ die Türe offenstehn,
(wie konnte sie das nur vergessen!),
als sie wieder schlafen ging.
Während alles dies geschah,
sah der Truchseß Meriadoc
im Schlaf, in seinem Traum
den *Eber* aus dem Walde laufen.
Fürchterlich und furchterweckend
rannte er zum Hof des Königs,
schäumend und die Hauer wetzend,
und er attackierte heftig

alles, was er dort erblickte.
Sogleich kam eine große Menge
von Hofgefolgschaft angerannt,
und viele Ritter liefen
um den Eber, rund herum,
jedoch war keiner unter ihnen,
der ihm zu widerstehen wagte.
Der Eber raste mit Geschnaube
durch die Räume des Palasts.
Wo Markes eignes Zimmer war,
durchbrach er gleich die Türen,
und was als Bett des Königs galt,
das stieß er auseinander,
befleckte mit dem Geifer
das Bett und alles Bettzeug,
das dem Königsbett gebührte.
Dies sahen alle Männer Markes,
und blieben dennoch tatenlos.

Sobald nun Meriadoc erwachte,
holte er den Traum ins Herz,
denn er quälte ihn doch sehr.
So rief er gleich nach Tristan,
denn er wollte ihm berichten,
was er im Traum gesehen hatte,
jedoch, es gab ihm keiner Antwort.
Nun rief er wieder, wiederholt,
und faßte mit der Hand hinüber,
doch als er hier ins Leere griff
und im Bett auch keinen fand,
da faßte er sofort Verdacht
auf Heimlichkeit beim Stelldichein.
Freilich, vom Geheimnis
in Hinblick auf die Königin

hatte er noch keine Ahnung –
kein Verdacht in dieser Richtung ...
Doch ansonsten packte ihn
ein Zörnchen, unter Freunden –
denn war er Tristan nicht sehr lieb?
Und trotzdem hatte der ihn nicht
eingeweiht in sein Geheimnis ...
Meriadoc erhob sich gleich
und legte sich die Kleidung an.
Langsam ging er dann zur Tür
und schaute zu ihr raus
und sah vor ihr die Fährte Tristans.
Er folgte nun sogleich der Spur
weiter durch ein Obstgärtlein;
dann führte ihn der Mondenschein
über Gras und über Schnee
(wo der zuvor gegangen war)
bis zur Tür der Kemenate.
Dort hielt er ein: Befürchtungen ...
Und ihm mißfiel sofort,
daß er die Tür so offen fand.
Er vollzog nun in Gedanken
lange Tristans Ausflug nach,
erwog das Schlimme wie das Gute,
und es kam ihm in den Sinn,
Tristan wäre wegen einer
jungen Dame hergekommen.
Doch *der* Verdacht war rasch zerstreut,
und er schöpfte den Verdacht,
er wär dort drinnen wegen
der Königin! Der Verdacht
verließ ihn, kam erneut zurück.
Schließlich machte er sich Mut
und ging sehr leise in den Raum,

sah keinen Mondschein, sah kein Licht,
denn von der Kerze, die dort brannte,
sah er so gut wie nichts:
es war das Schachbrett vorgelehnt.
So ging er immer weiter rein,
und tastete mit beiden Händen
an Mauern und an Wänden,
bis er zum Bett der beiden kam;
als er hörte, was sie trieben,
begriff er gleich den Stand der Dinge.
Dies schmerzte ihn zutiefst
und tat in seinem Herzen weh,
war in ihm – bisher – doch stets
Neigung, Liebe zu Isolde,
und nun war alles jäh durchschossen
von einem Faden Schmerz und Haß.
Er empfand nun für Isolde
Haß wie Schmerz und Schmerz wie Haß –
ihn quälte dies, ihn quälte das.
Er fand noch keine klare Richtung,
wie er in diesem Fall
auf eine Weise handeln könnte,
die schicklich wäre, wirkungsvoll.
Ihn reizten Schmerz und Haß
zur groben Ungehörigkeit,
ihr Verhältnis aufzudecken,
es überall publik zu machen!
Doch hier kam Tristan in die Quere,
das heißt, die Furcht, die er vor ihm
haben müßte, wenn er Tristan
auch nur ein *bißchen* reizte!
Er kehrte um und ging zurück.
Als ein tief betroffner Mann
legte er sich wieder hin.
Bald darauf kam Tristan wieder;

er sank ganz sachte auf sein Bett.
Und schwieg. Es schwieg der andre.
Beide sprachen nicht ein Wort –
das war bisher fast nie geschehn,
das waren sie noch nicht gewohnt.
Dies Verhalten, so befremdlich,
ließ Tristan deutlich spüren,
daß im Kopf des anderen
ein Verdacht entstanden war;
von nun an unterzog er,
was er sprach und was er tat,
einer strengeren Kontrolle,
als er dies zuvor getan.
Freilich war es schon zu spät:
sein Verhältnis war entdeckt,
sein Geheimnis war bekannt.

Meriadoc, voll Eifersucht,
er nahm diskret den König beiseite
und sagte ihm, daß hier am Hof
über Tristan und Isolde
ein Gerücht entstanden sei,
das den Herren dieses Landes
ganz und gar mißfiele;
er mög die Augen offenhalten
und sich dabei beraten lassen,
was in diesem Fall zu tun sei;
seine Ehe, seine Ehre
würden hier im Ernst gefährdet.
Er teilte ihm jedoch nicht mit,
daß er den wahren Tatbestand
bereits mit voller Klarheit kannte.
Der gütigste und loyalste
Marke mit dem schlichten Gemüt,
der war hier überaus erstaunt,

es wollte ihm nicht in den Kopf,
daß ihm künftig der Polarstern
seiner Freude, sprich: Isolde,
wegen irgendeines Fehltritts
verdächtig werden sollte.
Dennoch ließ es sein Gemüt
leiden und bedrückte es.
Und unablässig, unaufhörlich
war er in steter Wachsamkeit,
um bei ihnen rauszufinden,
was sie überführen könnte.
Was sie sagten, was sie taten,
das registrierte er genau,
doch konnte er bei ihnen nichts
entdecken, was Beweiskraft hatte,
denn Tristan hatte der Isolde
berichtet vom Verdacht des Truchseß
und ihr Vorsicht anempfohlen.
Doch Marke wollte Klarheit finden,
tat dies rigide, rigoros,
gab auf sie acht bei Tag und Nacht.
Eines Nachts, als er mit ihr
geschlafen hatte, führten sie
in buntem Wechsel ein Gespräch,
und dabei legte, stellte er
listig eine Schlinge
für die Königin – und wirklich
fing er sie in ihr!
»Nun, Herrin«, sprach er, »sagt,
wie denkt Ihr, was empfehlt Ihr?
Ich werde, schon in kurzer Zeit,
eine Wallfahrt unternehmen,
und dieser Ritt kann lange dauern.

In wessen Obhut, wessen Schutz
wollt Ihr in diesem Zeitraum sein?«
»Gott behüte – was Ihr sagt,
hat wohl einen tiefren Grund ...!
In wessen Obhut wär ich besser
(auch die Herrn in Eurem Land)
als in Eures Neffen Hand,
der gut für uns zu sorgen weiß?
Herr Tristan, Eurer Schwester Sohn,
der ist mutig und ist klug,
zeigt auf jede Weise Umsicht.«
Diese Antwort ließ in Marke
begründeten Verdacht aufsteigen –
sie gefiel ihm überhaupt nicht!
Er legte Fallen für sie an
und Meuten-Stände für die Hatz –
er verstärkte seine Aufsicht.
Und berichtete dem Truchseß,
was er herausgefunden hatte.
Der Truchseß gab zur Antwort:
»Wahrhaftig, Herr, so ist es!
Ihr könnt daraus nun selber schließen,
daß sie die Leidenschaft für ihn
nicht mehr zu verbergen weiß!
Drum ist es eine große Dummheit,
daß Ihr ihn in der Nähe duldet.
Sind Euch die Frau, die Ehre lieb,
so schickt ihn endlich fort!«
Dies bedrückte Marke sehr.
Der Zweifel, der Verdacht,
der seinem Neffen gelten sollte,
der quälte ihn zu Tode, ständig,
obwohl er ihn noch nicht ertappen

und von einem Fehltritt nichts
in Erfahrung bringen konnte.

Die überlistete Isolde
war erleichtert. Fröhlich lachend,
ja in schierem Überschwang
erzählte sie Brangaine
von der Wallfahrt des Gemahls
und erst recht von seiner Frage,
wen sie als Beschützer wähle.
Brangaine: »Meine liebe Herrin,
belügt mich nicht, sagt mir, bei Gott:
Wen habt Ihr da verlangt?!«
Isolde sagte ihr die Wahrheit,
genau wie alles abgesprochen.
»Ah, Naivling!« rief Brangaine.
»Weshalb nur habt Ihr das gesagt?!
Was hier ausgehandelt wurde
– das hört man doch –, ist eine Falle!
Ich weiß genau, daß die Methode
vom Truchseß ausgetüftelt wurde.
Sie horchen Euch damit nur aus!
Paßt in Zukunft besser auf!
Fängt er noch einmal damit an,
verfahrt, wie ich Euch instruiere,
und sagt dann: So und so ...«
Sie instruierte ihre Herrin,
was die rechte Antwort wäre
auf solche List und Tücke.

Marke hatte währenddes
an einem Leid, das doppelt war,
schwer zu tragen, und dies ständig:
es ließen ihn der Zweifel

leiden, der Verdacht,
den er hegte, hegen mußte.
Er hatte seine Herzensliebe,
Isolde, dringend im Verdacht;
Zweifel hegte er an Tristan,
an dem er doch kein Zeichen
des Betrugs entdecken konnte,
des Bruches mit der Treuepflicht.
Tristan, sein Freund, Isolde, seine Freude,
sie waren nun sein größtes Leid,
bedrückten ihm Verstand und Herz.
Auf sie und ihn fiel sein Verdacht,
er hegte Zweifel an den beiden;
diesem Leide, so ver*beidet*,
ward er gerecht in einer Art,
in der es Der Gerechte will.
Wenn er nämlich mit Isolde
Liebe machen wollte,
kam ihm der Verdacht dazwischen;
dem wollte er dann jeweils nachgehn,
um Gewißheit zu erlangen;
doch weil die ihm versagt blieb,
tat ihm wieder Zweifel weh,
und alles war wie eh und je.

Und alle Schachzüge führen zum Patt. Nun wird ein Zwerg ins Spiel gebracht; Melot soll das Paar bespitzeln. Der Zwerg wird fündig. Tristan wird von den Damen ferngehalten. Brangaine muß wieder helfen. Sie rät zum Trick mit den Olivenbaumspänen: mit den eingeritzten Initialen T und I schwimmen sie in einem kleinen Bach vor die Kemenate, und Isolde wird kommen. Eine Woche lang trifft sich das Liebespaar täglich. Melot entdeckt wieder Verdächtiges, biedert sich scheinheilig bei Tristan an, wird von ihm harsch abgewiesen. Da holt er den König, der auf Jagd ist. König Marke und Zwerg Melot klettern im Garten in die Krone eines Olivenbaums. Nachts erscheint dort Tristan, sieht aber im Mondschein die beiden Schatten. Isolde, durch seine ungewohnte Zurückhaltung gewarnt, erkennt die Falle. Beide halten Reden, die den König von ihrer Unschuld überzeugen. Versöhnung. Fortgesetzter Ehebruch.

Nur kurz währt der Schein der Versöhnung: Meriadoc und Melot bespitzeln weiter das Paar. Erneut wird eine Falle gestellt: nach einem Aderlaß in engstem Kreis wird im gemeinsamen Ruheraum vom Zwerg Mehl ausgestreut zwischen den Betten; als Marke zur Frühmette geht, kann Tristan nicht zum Bett der Isolde hinübergehen, er macht einen gewagten Weitsprung, dabei platzt eine Ader, das Bett der Königin wird mit Blut besudelt. Tristan springt zurück. Marke sieht das Blut im Bett seiner Frau, aber keine Spur im Mehl. Erneut Versöhnung. Dennoch, es bleibt Verdacht, Marke beruft einen Hoftag ein. Der wiederum rät, ein Konzil einzuberufen, nach London. Das findet statt. Der Bischof empfiehlt, Isolde solle ihre Schuldlosigkeit durch die Probe mit dem glühenden Eisen rechtsverbindlich beweisen. Sie verpflichtet sich dazu, mit Ängsten. Und inszeniert eine Situation, die ihr formal recht geben könnte: Tristan, als Pilger verkleidet, trägt sie an der Schiffslände von Caerleon aufs Trockne, dabei stürzt er, nach ihrer Anweisung, fällt ihr in die Arme. So kann sie schwören, sie habe nur in den Armen des Pilgers und ihres Mannes gelegen. Die Eisenprobe beweist das, Gott macht dieses Spiel also mit, wird dafür von Gottfried gerügt. Marke glaubt wieder an seine Frau.

Tristan reist zu Herzog Gillain, einem seiner Bewunderer. Gillain heitert den schwermütigen Tristan auf mit dem Feen-Schoßhündchen Petitcru. Tristan möchte das changierend bunte Hündchen mit dem Zauberglöckchen am Halsband für Isolde gewinnen, aber wie? Ein Riese, Urgan der Zottige, fordert wieder einmal sein Schutzgeld, in Naturalien; Tristan kann erneut ein Land von ungerechtem Tribut befreien. Er besiegt, tötet den Riesen. Als Siegespreis fordert er das Hündchen, läßt es durch einen Spielmann Isolde überbringen. Gute Nachricht in ihrem Dankesbrief: er kann kommen. Rasch sind sie am Hof wieder akzeptiert, bald finden sie erneut zueinander. Marke, in aufgefrischtem Argwohn, läßt sie kaum noch aus den Augen, entdeckt immer mehr Zeichen der Liebe, der Leidenschaft. Das erträgt er nicht länger, er weist seine Frau und seinen Neffen vom Hof: sie sollen sich ihre Wünsche rückhaltlos erfüllen. Keine Rache, nur Resignation. Mit mäßiger Trauer verlassen die Liebenden den Hof. Vorher allerdings instruieren sie Brangaine, die Ohren offenzuhalten und, bei gegebenem Stichwort, auf Versöhnung hinzuarbeiten.

Tristan und Isolde ziehen in eine Wildnis. In einem schwer zugänglichen Bereich ein kleines Paradies mit allen Schönheiten, die schon in der Antike erträumt wurden. Unterkunft finden sie in einer Höhle, die seinerzeit von Riesen in ein Felsmassiv gemeißelt wurde: »der Höhlenbau der Liebenden«.

Die *suivants* im Dienst der Liebe
(Tristan und seine *amie*)
sie hatten sich im offnen Land,
in Wäldern, in der Wildnis
die Zeit der Arbeit und der Muße
aufs angenehmste eingeteilt.
Sie waren diese Zeit
beständig Seit an Seit.

Morgens, noch im Tau,
spazierten sie zur Au,
wo die Blumen und das Gras
kühl betaut erschienen;
sie mouvierten sich danach
auf der kühlen *plaine*,
sie gingen hin und her auf ihr,
erzählten sich dort gegenseitig
und lauschten, beim Spaziergang,
dem süßen Vogelsang.
Sie machten darauf einen Schwenk
zur kühlen Quelle, die man hörte,
und lauschten dem Geräusch,
dem zarten, leisen Plätschern;
dort wo sie weiterfloß zur *plaine*,
dort setzten sie sich hin, zur Rast,
dort hörten sie dem Gluckern zu
und blickten in das Fließen,
und dies war ebenfalls Genuß.
Sobald jedoch die helle Sonne
langsam immer höher stieg,
die Hitze von ihr niedersank,
da schritten sie zur Linde
mit ihrem linden, kühlen Hauch;
auch sie verschaffte ihnen Lust
auf der Haut, in ihren Herzen;
sie beglückte Augen, Sinne;
die süße Linde, sie versüßte ihnen
Luft und Schatten mit den Blättern;
in ihrem Schatten war der Hauch
süß und lind und kühl;
die Bank an dieser Linde war
ein Rasen, derart schön
bemalt mit Gräsern, Blumen,
wie bei keiner andren Linde.

Dort lehnten sie sich aneinander,
die leidenschaftlich Liebenden,
erzählten sich von Leidenschaften
der Menschen, die (vor ihren Jahren)
der Leidenschaft zum Opfer fielen.
Sie erzählten, diskutierten,
sie beklagten, lamentierten,
was Phyllis von Trazien,
was die arme Canace
erlitt, im Namen der Liebe ...
wie das Herz der Byblis brach,
weil sie ihren Bruder liebte ...
wie die Königin Dido
von Tyrus und von Sidon,
leidenschaftlich liebend,
an Leidenschaft zuschanden ging ...
Mit solchen Geschichten waren sie
beschäftigt in so manchen Stunden,
doch wenn sie die Geschichten wieder
vergessen wollten, dies gemeinsam,
so spazierten sie zur Klause
und griffen auf, von neuem,
was bewährt war als Vergnügen:
sie ließen Harfenspiel erklingen,
zugleich mit ihrem Singen
voller Leidenschaft und Schönheit;
sie waren (und dies wechselweise)
beschäftigt mit den Fingern, Stimmen:
sie harften und sie sangen
Melodien und Lieder der Liebe;
sie variierten hier ihr Lust-Spiel,
wie es ihnen grad gefiel;
griff der eine zu der Harfe,
so wars der andere gewöhnt,
dazu den Liedestext zu singen –

voller Schönheit, Leidenschaft.
Wenn der Klang des Harfenspiels
und das Erklingen des Gesangs
miteinander harmonierten,
klang es derart schön dort drin,
daß mit vollem Recht die Klause
benannt war nach der süßen LIEBE:
La caverne aux gents amants ...
Was in alten *histoires*
über die *caverne*
erzählt war, ehedem,
das ward mit ihnen wieder wahr;
die wahre Herrin dieses Baus,
sie hat dort erst in dieser Zeit
ihren wahren Stil gefunden.
Was dort zuvor an Lustbarkeiten,
an Liebesspielen stattgefunden,
das fand nicht *diesen* Höhepunkt,
es war das in der Liebe
nicht derart unverfälscht und klar,
wie es das Spiel der beiden war:
verbrachten ihre Zeit mit Lieben –
besser war noch nie ein Paar!
Sie taten einzig und allein,
wozu sie ihre Herzen drängten.
Im Lauf des Tages trieben sie
Kurzweil von verschiedner Art.
Sobald sie Lust dazu verspürten,
ritten sie, gelegentlich,
hinein ins Unwegsame,
um mit der Armbrust Federwild
und andres Wild zu jagen,
und ebenso – an vielen Tagen –
das Rote Wild zu hetzen
mit Hudent, dem Jagdhund.

Der folgte anfangs keiner Fährte,
ohne dabei Laut zu geben;
ihn hatte Tristan freilich
sehr rasch drauf abgerichtet,
dem Rothirsch und dem Reh
und dem diversen Wild
durch Wald, durch offnes Land
spurentreu zu folgen,
ohne jeweils Laut zu geben.
So verbrachten sie viele Tage,
nicht, weil es um die Strecke ging,
die sich mit der Jagd ergibt,
sondern bloß zum Zeitvertreib,
der sich auf diese Weise einstellt.
Ich weiß genau, sie setzten
den Jagdhund und die Armbrust
mehr ein zu ihrer Herzenslust
und weil sie sich mouvieren wollten,
als in Blick auf *nourriture*.
Beschäftigung und Tätigkeit
war jeweils so, zu jeder Zeit,
wie sie ihnen Laune machte,
wie sie ihrer Lust entsprach.

Zu jener Zeit, da dies geschah,
hatte Marke ständig Kummer,
war erfüllt von Traurigkeit;
seine Frau und seine Ehre
ließen ihn sehr trauern;
es wurden ihm, von Tag zu Tag,
Leib und Seele mehr belastet,
Besitz und Ehre wurden fremd.
So ritt er denn in jenen Tagen
zur Jagd in diesen Wald,
mehr, weil er so traurig war,

nicht so sehr zum *amusement*.
Als sie den Wald erreichten, leinten
die Jäger ihre Hunde an.
Sie sahn ein Rudel stehn und ließen
dorthin die Meute los, zur Hatz.
Und schon nach kurzer Zeit
trennten Hunde von dem Rudel
einen wundersamen Hirsch ab,
der trug die Mähne wie ein Pferd,
war groß und stark und weiß;
sein Geweih war zierlich, kurz,
es war nur knapp entsprossen,
als hätte er die Stangen
erst vor kurzem abgeworfen.
Den hetzten sie, *par force*,
gemeinsam, um die Wette,
bis die Sonne unterging.
Da verloren sie die Fährte,
und so entkam der Hirsch,
er floh in jene Richtung,
aus der er hergekommen war:
in das Gebiet um die *caverne* –
floh dorthin und überlebte.
Marke war nun sehr verstimmt,
die Jäger waren es weit mehr,
weil dies mit einem Hirsch passierte,
der wundersam erschienen war
in seinem Weiß, mit seiner Mähne ...
Drum waren alle sehr verärgert.
Sie holten ihre Hunde zurück,
legten sich zur Nacht dort nieder –
sie alle waren ganz erschöpft.
  Tristan und Isolde hatten
den ganzen Tag den Lärm gehört,

der in den Wald gedrungen war,
Hornsignale, Hundebellen,
und sie hatten gleich gedacht,
es könnte dies nur Marke sein.
So wurden ihre Herzen schwer;
in beiden war sofort die Angst,
sie seien ihm verraten worden.

Am andren Tag, noch in der Frühe,
bevor er Morgenrot erspähte,
brach der Jägermeister auf.
Er befahl dem Jagdgefolge,
abzuwarten, bis es Tag war,
dann auf seiner Spur zu jagen.
Eine Bracke, die ihm recht schien,
nahm er an die Führungsleine,
ließ sie treu der Fährte folgen;
stetig führte sie ihn weiter
durch Gelände ohne Fährten:
über Fels und harten Boden,
über trocknes Land und Gras –
dort war vergangne Nacht der Hirsch
vorausgezogen, war geflohn.
Dem blieb sie auf der Fährte treu,
bis man durch die Schlucht hindurch war
und die Sonne höher stand;
so kam er zur *fontaine*
auf Tristans *plaine*.

An jenem Morgen waren Tristan
und die Gespielin Hand in Hand
aufgebrochen zum Spaziergang;
in aller Frühe, noch im Tau,
gelangten sie von dort
auf die blütenreiche Au,

in das wonnevolle Tal.
Alouette und Nachtigall
musizierten in zwei Stimmen,
saluierten ihr Gefolge;
sie begrüßten mit Betonung
Tristan und Isolde.
Die freien Vögelein des Waldes
hießen im Latein der Vögel
die beiden äußerst süß willkommen –
so manchem süßen Vögelchen
waren sie willkommen;
zur Begrüßung der Verliebten
gaben sie sich allesamt
die wonnevollste Mühe;
sie sangen von den Zweigen
wonnigliche Melodien
mit vielen Varianten;
zur Wonne der Verliebten
sangen viele schöne Stimmen
die *première, deuxième partie*
ihrer Strophen, Kehrreim-Strophen.
Sie empfing die kühle Quelle,
vor ihren Augen schön entspringend,
noch schöner in den Ohren klingend;
murmelnd floß die auf sie zu,
empfing sie mit Gemurmel:
sie murmelte ganz süß
zur Begrüßung dieses Paares.
Auch die Linden grüßten sie
mit wahrhaft süßen Lüftchen,
erfreuten außen das Gehör
und innen das Gemüt.
Die Bäume *fleurie*,
die leuchtende *plaine*,

und Blumen, übergrünes Gras,
dazu, was in der Blüte stand,
das alles lachte sie hier an.
Auch grüßte sie auf Schritt und Tritt
der Tau mit seiner Süße,
er kühlte ihre Füße,
tat ihren Herzen wohl.
Als sie hier zum Ende kamen,
kehrten sie gemach zurück
in den Felsbau, und besprachen,
was zu tun sei, in der Lage . . .
Hatten sie doch beide Angst
und fürchteten (was auch geschah),
daß irgendeiner irgendwie,
den Hunden folgend, nahen könnte
und dies Versteck entdeckte.
Tristan faßte einen Plan,
auf den sich beide einigten;
sie kehrten zu dem Bett zurück
und legten sich hier wieder hin,
doch voneinander abgerückt –
so recht wie Mann und Mann
und nicht wie Mann und Frau;
so lagen beide Körper
in ungewohnter Position.
Auch hatte er sein blankes Schwert
zwischen sie und sich gelegt.
Er lag nach hier und sie nach dort,
sie lagen (eins *und* eins) getrennt.
Und schliefen so gemeinsam ein.

Der Jäger, über den ich vorlas,
und der nun an der Quelle war,
der sah im Tau die Tritte,

wo Tristan und die Herrin
vor ihm geschlendert waren,
und zog den Schluß, dies müßten
die Siegel jenes Hirsches sein.
So saß er ab und ging zu Fuß
und folgte auf dem Pfad der Spur,
die sie hinterlassen hatten –
bis hin zur Türe der *caverne*.
Zwei Riegel waren vorgeschoben,
also kam er hier nicht weiter.
Weil ihm dieser Weg versperrt war,
ging er die Umrundung an,
stieg aufwärts, immer rundherum,
fand schließlich, *par hasard*,
ein verstecktes Fensterchen
in der Kuppel der *caverne*.
Dort lugte er voll Furcht hinein,
entdeckte, auf den ersten Blick,
der LIEBE Hofgefolge:
nur *eine* Frau und *einen* Mann.
Er sah ein Wunder in den beiden!
Schien ihm doch bei dieser Frau,
daß keine Mutter je zuvor
eine so erlesene
créature zur Welt gebracht.
Doch schaute er nur kurz zu ihr,
denn schon bemerkte er das Schwert,
das dort lag, so völlig blank –
er schreckte hoch, nahm Abstand.
Bedrohlich schien ihm dies:
er dachte sich, hier gehe es
nicht mit rechten Dingen zu.
Das begann, ihm Angst zu machen.

Er kehrte um, den Fels hinab
und ritt zurück zur Hundemeute.

Mittlerweile hatte Marke
weiten Vorsprung vor den Jägern
auf der Spur des Meisters,
kam nun eilends auf ihn zu.
»Hört«, so rief der Fallensteller,
»König, Herr, ich melde Euch
das Neueste: ich hab soeben
eine wahre *merveille* entdeckt!«
»Welche *merveille*? Nun sag es schon!«
»Eine *caverne* der Liebe . . . !«
»Wie hast du sie gefunden? Wo?!«
»Herr, in dieser Wildnis hier.«
»In dieser wüsten Wildnis?!« »Ja!«
»Ist ein lebendges Wesen dort?«
»Ja, Herr, es sind in ihr
ein Mann und eine Göttin.
Sie liegen da auf einem Bette
und schlafen um die Wette.
Der Mann scheint ein normaler Mann,
doch hab ich meine Zweifel dran,
ob sie, die bei ihm schläft,
gleichfalls zu den Menschen zählt –
ist schöner noch als eine Fee . . . !
Aus Gebein und Fleisch
konnte hier auf Erden
so Schönes nicht entstehn.
Ich weiß nicht, welchen Grund dies hat:
ein Schwert liegt zwischen ihnen,
hell und glänzend – blank gezogen!«
Der König sagte: »Bring mich hin!«

Der Jägermeister führte ihn
durch Wildnis auf der eignen Spur
zum Punkt, an dem er abgesessen.
Der König sprang dort in das Gras,
begab sich auf den Pfad des Jägers;
der blieb zurück und wartete.
Marke kam bald an die Tür,
schwenkte ab und stieg darauf
nach der Instruktion des Jägers
außen an dem Fels empor,
und wo der auf den Gipfel zulief,
ging auch er, in vielen Kehren,
fand ebenfalls das Fensterchen.
Zu seiner Freude, seinem Leid
warf er einen Blick hinein:
auch er sah dort die beiden hoch
auf der kristallnen Bettstatt liegen;
sie schliefen weiter wie bisher.
Er fand sie wie der Jäger vor:
voneinander weggedreht,
der eine hier-, der andre dorthin;
das blanke Schwert lag zwischen ihnen.
Er erkannte Frau und Neffen.
Sein Herz in ihm, den ganzen Körper
befiel der Frost, vor Leid,
und ebenso vor Glück.
Die abgerückte Position,
sie weckte Freude, schuf ihm Leid.
Ich meine Freude, weil er wähnte,
hier wäre *kein* Betrug geschehn;
ich meine Leid, denn *dies* war sein
Verdacht! Er sagte sich im Herzen:
»Gnädigster Herr des Himmels,
was mag dies zu bedeuten haben?!

Wenn zwischen ihnen hier geschah,
was ich schon lange kommen sah –
was liegen sie so abgewandt?
Ein Weib soll dem Geliebten
ständig in den Armen liegen,
soll an seinem Körper kleben.
Weshalb liegt dieses Paar nun *so*?«
Und weiter sagte er zu sich:
»Ist doch was an der Sache dran?
Besteht hier Schuld? Besteht sie nicht?«
Und schon war wieder Zweifel da!
Er sagte: »Schuld? Ganz sicher: *ja*.«
Er sagte: »Schuld? Ganz sicher: *nein*.«
Er trieb das zwischen beidem weiter,
bis der Mann, vom Weg gekommen,
an der Liebschaft dieser beiden
wieder einmal Zweifel hegte.
  Die LIEBE, Friedensstifterin,
sie kam mit sanftem Schritt zu ihm;
sie war mit kurioser Sorgfalt
geschminkt und aufgeputzt.
Es war in ihrem Angesicht
auf dem Grundierungsweiß
die schönste Farbe aufgetragen,
das goldene Dementi: *Nein*.
Und dieses Wort, es leuchtete
dem König ein, ins Herz hinein;
das andre Wort, sein Schmerz,
das unerwünschte *Ja*,
das sah dort Marke nirgendwo,
das war völlig ausgelöscht,
da war kein Zweifel, kein Verdacht;
was LIEBE übergoldete
(das Gold anstatt der Schuld),

das lenkte mit Verführungskraft
seine Blicke und sein Denken
*dort*hin, wo der Ostertag,
seines ganzen Glückes lag.
Er verschlang sie mit den Augen:
Isolde, Wonne seines Herzens,
sie war ihm vorher, war ihm früher
niemals derart schön erschienen.
Ich weiß nun nicht, von welchem Akt
hier die Geschichte fabuliert,
der sie erhitzte, wie es heißt –
es leuchtete ihr Schönheitsglanz
(sie wirkte süß, sie wirkte lose ...)
wie die Lilie bei der Rose
weiterhin zum Mann herauf.
Ihre Lippen glommen, glühten
so stark wie Kohlenglut.
Ja, nun fällt mir wieder ein,
welcher Akt sie so erhitzt hat:
wie ich oben vorgelesen,
war Isolde an dem Morgen
im Tau zur Aue rausspaziert –
deshalb glühte sie noch so ...!
Und es drang auch von der Sonne
ein kleiner Lichtstrahl dort hinein,
der ihre Wangen leuchten ließ,
ihr Kinn und ihre Lippen ...
Schönheit, die verdoppelt war,
trug hier ein Spiel aus, mit sich selbst,
Glanz und Glanz vereinten sich:
die Sonne *oben*, *sie* als Sonne,
sie gaben hier ein Fest der Wonne,
sehr glanzvoll, um Isoldes
Vollkommenheit zu preisen.

Ihr Kinn, die Lippen und ihr Körper,
sie waren wirklich wundervoll,
so lieblich, so erregend,
daß sie Marke *sehr* gefiel.
Er verlangte, er begehrte,
sie liebevoll zu küssen.
LIEBE legte ihre Fackel an,
LIEBE entflammte diesen Mann
mit der Schönheit ihres Körpers.
Die Schönheit dieser Frau
lockte seine Sinne
zu ihrem Leib, um sie zu lieben;
sein Blick kam nicht mehr von ihr los;
mit innerer Erregung sah er,
wie herrlich, aus dem Kleid heraus,
ihr Hals, die Brüste schimmerten,
ihre Arme, ihre Hände.
Sie hatte keinen Kopfputz auf,
nur die *couronne* aus Klee.
Noch nie erschien sie dem Gemahl
so lockend, so verlockend . . .
Als er nun merkte, daß die Sonne
von oben durch den Fels
auf ihr Gesicht schien, bangte er,
dies könnte ihrem Äußeren
schädlich sein, ihm Schaden tun;
Gräser, Blumen, Blätter riß er ab,
verbüschelte damit das Fenster,
schlug ein Kreuz für seine Schöne,
bat Gott, sie zu behüten,
und schluchzend ging er fort.
Als ein Mann von Traurigkeit
kam er zurück zu seinen Hunden,
beendete die Jagdpartie:

er befahl sogleich
den Jägern, mit den Hunden
nach Haus zurückzukehren.
Dies tat er einzig aus dem Grund:
kein andrer sollte dorthin kommen
und die beiden da entdecken.

Kaum war der König wieder fort,
erwachten Tristan und Isolde.
Sie fingen an, sich umzusehn,
schauten nach dem Sonnenlicht,
doch schien die Sonne bloß
durch zwei der Fensterchen herein;
sie blickten nun zum dritten hoch;
daß hier kein Licht zu ihnen kam,
überraschte sie doch sehr.
Sie warteten nicht länger ab,
standen gleich gemeinsam auf,
stiegen außen hoch am Fels,
und sogleich entdeckten sie
die Blätter, Blumen, Gräser
vor diesem Fensterchen.
Und im Sand des Höhlenberges,
auch davor, entdeckten sie
Fußabdrücke eines Mannes –
die Spur, sie führte her und weg ...
Dies versetzte sie in Schrecken,
dies machte ihnen große Angst,
sie dachten gleich, es wäre Marke
irgendwie hierhergekommen
und hätte sie entdeckt –
der Verdacht lag nah für sie.
Zwar erlangten sie darüber
keinerlei Gewißheit,

doch die Erleichterung war groß:
Wer immer sie gefunden hatte –
zu dem Zeitpunkt sah er sie
voneinander abgewendet
und nur in jener Weise liegend.

Sofort berief der König
am Herrschersitz, im Lande
Verwandte und Berater ein,
um Rat zu suchen, Rat zu holen.
Er berichtete, betonte
(was ich euch eben schon erzählte),
wie er sie vorgefunden hätte,
und gab kund, daß er bei Tristan
und Isolde nie mehr wieder
an einen Fehltritt glauben würde.
Sogleich verstanden die Berater,
mit welcher Absicht er sich trug
und daß die Rede darauf rauslief,
daß er sie wiederhaben wollte.
Sie zeigten Klugheit und empfahlen,
was ihm aus dem Herzen kam,
was er selber wünschte:
Daß er seine Frau Isolde
und seinen Neffen holen lasse,
da ihm ja nichts bekannt sei,
das ehrenrührig wäre,
daß er Gerüchte über beide
nie mehr zur Kenntnis nehmen solle.
Courvenal ließ man nun kommen
und setzte ihn als Boten ein
zu den beiden: schließlich
vertrat er ihre Sache.
Der König ließ denn Tristan,

erst recht der Königin versichern,
er sei gewogen, zugeneigt,
und sie sollten wiederkommen
und nicht mehr zur Kenntnis nehmen,
wenn man sie verleumde.
  Courvenal, er ritt zu ihnen,
gab Markes Stellungnahme wieder;
den Liebenden gefiel das sehr,
sie wurden recht von Herzen froh.
Doch sie empfanden ihre Freude
weitaus mehr mit Blick auf Gott
und auf ihr öffentliches Ansehn,
als aus einem andren Grund.
Sie kehrten auf den Weg zurück
zu ihrem alten Rang.
Jedoch in allen ihren Jahren
wurden beide nie mehr wieder
so vertraut, wie sie einst waren;
sie fanden nie mehr so wie früher
die Vorbedingung für ihr Glück.
Andrerseits war Marke,
waren Hof und Hofgesellschaft
um ihre Ehre sehr bemüht,
doch konnten sie dafür nie wieder
frei und offen sein.
Der Zweifler Marke bat mit Nachdruck,
ja erteilte den Befehl,
Tristan und Isolde müßten
mit Blick auf Gott und auf ihn selbst
gemeinsam Anstand zeigen,
müßten die so süßen Schlingen
der verliebten Blicke
meiden und vermeiden,
auch die alte Traulichkeit

und Vertrautheit der Gespräche:
Der Befehl war schmerzhaft für das Paar.

Marke war nun wieder froh.
Er hatte wieder, zum Vergnügen,
an seiner Frau Isolde alles,
was sein Herz begehrte –
körperlich, nicht: was ihn ehrte.
Er fand bei seiner Ehefrau
keine Neigung, keine Liebe
und auch keine Ehrerbietung,
wie sie Gott entstehen ließ;
es blieb nur *dies*: man nannte sie
im Gebiet, in dem er herrschte,
in seinem Namen »Königin«.
Damit gab er sich zufrieden,
erwies ihr stets Gewogenheit –
so als würde sie ihn lieben ...
Es war dies jene törichte
Verblendung eines Herzens,
von der ein Sprichwort sagt:
»Der Liebe Blindheit blendet
innerlich und äußerlich.«
Sie blendet Augen und Verstand:
was *diese* klar erblicken,
*da*von will er gar nichts wissen!
So geschah es auch bei Marke.
Todsicher wußte er
und sah genau, daß seine Frau
Isolde mit dem Leib, der Seele
ganz und gar der Liebe
verfallen war zu Tristan –
und trotzdem wollte ers nicht *wissen*.
Wem läßt sich nun die Schuld zuweisen,

daß er in dieser Weise
ehrlos mit ihr lebte?
Der würde wahrlich unrecht tun,
der Isolde dies als Form
des Betrugs zum Vorwurf machte –
sie *betrog* ihn nicht (auch Tristan nicht!),
sah er doch mit *eignen* Augen zu!
Vielmehr: *wußte*, ohne es zu sehn,
daß sie ihm keine Liebe zeigte –
und *trotzdem* hatte er sie gern.
»Weshalb, Herrgott, warum
verspürte er zu ihr noch Neigung?!«
Aus diesem Grund, aus dem es heute
viele tun: Begierde und Begehren,
sie nehmen vieles hin,
was ihnen zugemutet wird.
Hoho, wie viele *Isolden*
und *Markes* sieht man *heute noch*
(was man wohl kaum beweisen muß ...),
deren Herzen, deren Augen
blinder sind, nein: gleichfalls blind!
Was immer man zur Blindheit sagt –
es blendet keine Blindheit
so schmerzhaft und so schmerzlich
wie Begierde und Begehren.
Auch wenn wir das nur ungern sagen,
so trifft doch dieses Sätzlein zu:
»Schönheit ist Gefährlichkeit!«
Die wundersame Schönheit
der blühenden Isolde,
sie machte Marke völlig blind:
äußerlich und innerlich,
in seinen Augen, im Verstand.
Er konnte nichts an ihr entdecken,

was er bei ihr rügen wollte.
Vielmehr: was er von ihr wußte,
war nur das Allerbeste!
Um diesen Einschub zu beenden:
er war so gern mit ihr im Bett,
daß er völlig übersah,
was ihm, durch sie, an Leid geschah.

Was in einem Herzen ständig
verschlossen und versiegelt liegt,
läßt sich nur mühsam unterdrücken.
Man tut nur allzu gern,
was Denken in die Enge treibt;
es grast das Auge liebend gern
auf seiner Augen-Weide;
das Herz, das Auge: beide
weiden häufig auf der Trift,
auf der sie einst ihr Glück erlebt.
Wer ihnen dieses Spiel verleiden will,
bei Gott, der macht es ihnen lieb!
Je strenger man sie fernhält, desto
stärker zieht das Spiel sie an,
desto fester kleben sie daran.
So wars bei Tristan und Isolde:
als es so weit gekommen war,
daß ihre Lust, ihr Hochgefühl
durch Aufsicht streng verhindert,
durch Verbot vereitelt wurden,
da war dies quälend, es war qualvoll.
Das verlockende Verlangen,
es wurde beiden nun zum Schmerz,
es schmerzte sie weit mehr als früher.
Ihr Verlangen nach dem andren
wurde quälender für sie,

so qualvoll wie noch nie zuvor.
Die bergesschwere Bürde
der verwünschten Aufsicht
lastete auf den Gemütern
wie ein Berg aus Blei.
Die Aufsicht, die verfluchte
Maschinerie, Feindin der Liebe,
die raubte ihnen den Verstand.
Und insbesondere Isolde,
sie litt Qualen, war in Not!
Tristans Fernsein war ihr Tod.
Je strenger ihr Gemahl ihr die
Vertraulichkeit verbot mit Tristan,
desto stärker war ihr Denken
und Wünschen an ihm festgemacht.

Es war zu einer Mittagsstunde,
als die Sonne sengend schien –
auf ihre Ehre, leider ...
Sonnen von verschiedner Art
strahlten dieser Königin
ins Herz und in die Sinne:
die *Sonne* und die *Liebe*.
Die Leidenschaft, die heiße Stunde
quälten sie im Wettstreit.
Sie glaubte diesem Streit,
dem Zustand und der Stunde
mit einem Einfall zu entkommen
und fiel damit erst richtig rein ...
  Sie begann, im Obstbaum-Garten
Gegebenheiten zu sondieren.
Sie suchte für den Treffpunkt Schatten –
Schatten, der dem Treffpunkt

Schirm und Schutz gewähre:
wo Kühle wäre, Einsamkeit.
Sobald sie dies gefunden hatte,
ließ sie dort gleich ein Bett aufstellen,
ließ es machen – sorgsam, prachtvoll!
Leinenlaken, *courtepointe*,
Purpurseide, *soie changeante* –
es wurde königliches Bettzeug
prachtvoll übers Bett gebreitet.
Sobald das Bett gemacht war,
dies mit höchstem Können,
streckte sich *la blonde*
auf ihm aus, in ihrem Hemd.
Die jungen Damen wies sie an,
sich zurückzuziehn, gemeinsam –
nur Brangaine durfte bleiben.
Zu Tristan kam nun eine Botschaft:
Er setze alles dran, Isolde
zu besuchen, dies sofort!
Er tat genau, was Adam tat:
die Frucht, die *seine* Eva bot,
die nahm er, aß mit ihr den Tod.
  Er kam. Brangaine ging
zu den Damen, setzte sich,
voller Sorge, voller Angst.
Sie befahl den Kammerdienern,
alle Türen abzuschließen,
keinen mehr hereinzulassen –
es sei denn, sie erlaube das.
Die Türen wurden zugemacht.
  Als Brangaine wieder Platz nahm,
überdachte sie dies alles,
und sie war im Herzen traurig,

weil weder Furcht noch Aufsicht
bei ihrer Herrin Wirkung zeigten.

Während sie darüber nachsann,
trat ein Kämmrer vor die Tür,
und als er grade draußen stand,
kam der König, ging hinein
(er wirkte äußerst ungemütlich!)
und fragte nach der Königin.
Es sagten alle jungen Damen:
»Sie schläft, Herr. Glaube ich ...«
Brangaine, ganz gedankenwirr,
die Ärmste, sie schrak auf und schwieg,
es sank der Kopf auf ihre Schulter,
ihr schienen Herz und Hand gelähmt.
Der König weiter: »Sagt mir schon,
wo schläft sie denn, die Königin?«
Sie verwiesen auf den Garten.
Und Marke ging sofort dorthin,
wo er sein Herzeleid entdeckte:
Frau und Neffen, beide fand er
in wechselseitiger Umarmung,
eng und fest umschlungen,
an seiner Wange ihre Wange,
an seinen Lippen ihre Lippen.
Was er weiter sehen konnte,
was ihn die Decke sehen ließ,
was an seinem obren Rand
vom Laken nicht bedeckt war:
beider Arme, beider Hände,
beider Schultern, Oberkörper,
sie waren derart schön
zusammen, eng beisammen:
wär aus Bronze oder Gold

ein Doppelstück gegossen worden,
man hätte es nicht noch genauer
fügen können oder dürfen.
Tristan und die Königin,
sie schliefen schön und tief –
weiß nicht, nach welchem Akt ...
  Als der König nun sein Unglück
derart offenkundig sah,
war ihm sein ganzes Herzeleid
erstmals völlig gegenwärtig.
Begradigt war der Mann nun wieder!
Verdacht und Zweifel, seine alte
Überlast, die war er los:
kein Vermuten mehr – er *wußte*!
Was er schon immer haben wollte,
das war ihm *alles* nun gegeben!
Ich hege freilich die Vermutung,
es wäre ihm doch mehr bekommen,
zu vermuten als zu wissen.
Was er ständig angestrebt:
von Zweifelsqualen frei zu werden,
das brachte ihm den Tod ins Leben.
Und so ging er schweigend fort.
  Die Berater, Lehensleute
ließ er diskret zusammenkommen.
Er begann mit der Eröffnung,
er sei darüber unterrichtet –
diese Meldung sei verläßlich –,
daß Tristan und die Königin
im Bett beisammenlägen;
sie alle müßten ihn begleiten
und die beiden dort beschaun;
fände man sie so noch vor,
dann müßte er, gleich auf der Stelle,

das Recht zum Urteilsspruch erhalten,
wie vom Landrecht vorgesehn.

Es war genau in dem Moment,
als Marke fortging von dem Bett
und nur ein kleines Stück entfernt war,
daß Tristan aus dem Schlaf erwachte,
ihn fortgehn sah von ihrem Bett.
Er sagte: »Ah, was habt Ihr bloß
gemacht, verläßliche Brangaine?!
Bei Gott, Brangaine, ich vermute,
der Schlaf wird uns das Leben kosten.
Wacht auf, Isolde, ärmste Frau,
Herzenskönigin, wacht auf!
Ich fürcht, wir sind hier in der Klemme!«
»In der Klemme? Wie denn, Herr?«
»Mein Herr stand über uns gebeugt.
Er sah uns beide, ich sah ihn!
Er geht soeben von uns weg,
und ich weiß es so genau
wie daß ich sterben muß:
er will in dieser Sache
Zeugen, Eideshelfer holen!
Er ist auf unsren Tod hinaus!
Herzensdame, schöne Isolde,
wir müssen uns jetzt trennen;
sehr wahrscheinlich finden wir
nie mehr so gute Möglichkeiten
für unser Glücklichsein wie früher.
So prägt es dem Gedächtnis ein,
welche Liebe, so vollkommen,
wir bisher einander zeigten;
seht zu, daß sie erhalten bleibt!
Bewahrt mich stets in Eurem Herzen!

Was immer auch mein Herz erlebt,
Ihr werdet ständig darin bleiben!
Isolde, sie muß immerdar
in Tristans Herzen sein . . .!
Herzgeliebte, seht bloß zu,
daß mich die Fremde, die Entfernung
in Euch nicht schwinden lassen.
Vergeßt mich nicht! Auf keinen Fall!
Douce amie, belle Isolde –
gebt mir zum Abschied einen Kuß!«
Sie wich ein kleines Stück zurück,
und seufzend sagte sie zu ihm:
»Herr, unser Herz und unser Kopf,
die sind schon viel zu lange,
viel zu eng und viel zu innig
aufeinander angewiesen,
als daß sie je erfahren könnten,
was für sie Vergessen heißt.
Ob Ihr mir fern seid oder nah,
es soll in meinem Herzen *niemals*
Lebendiges, ein Leben geben,
außer Tristan, meinem Leib und Leben.
Herr, ich hab Euch lange Zeit
Leib und Leben ausgeliefert;
seht zu, daß keine andre Frau
mich jemals von Euch trennt;
dann werden wir auch künftig
in der Treue, in der Liebe
so beständig, so lebendig sein,
wie wir das lang, für lange Zeit
in reiner Form gewesen sind.
Und nehmt hier diesen Ring;
er sei für Euch ein Unterpfand
der Treue, liebenden Gedenkens;

falls Ihr irgendwann einmal
auf den Gedanken kommen solltet,
eine andere zu lieben,
soll Euch der Ring daran erinnern,
wie mein Herz sich derzeit fühlt;
dann denkt an diesen Abschied,
wie sehr er uns im Herzen,
im Körper nahgegangen ist;
erinnert Euch der schweren Stunden,
die ich wegen Euch erlitten,
und laßt Euch keine näherkommen
als Isolde, Eure Liebste!
Vergeßt mich nie für eine andre!
Wir beide haben Lust und Leid
in solcher innigen Gemeinschaft
bis zu dieser Zeit geteilt –
da heißt es, die Erinnerung
lebendig halten bis zum Tod.
Herr, es ist durchaus nicht nötig,
daß ich Euch so dringlich mahne –
wenn Isolde je mit Tristan
ein Herz und *eine* Liebe war,
so ist dies stets lebendig,
so bleibt dies stets beständig.
Doch bitte ich Euch herzlich:
Wohin auch immer Ihr nun reist,
Ihr solltet *Euch*, *mein Leben*, schützen!
Denn bin ich hier erst mal verwaist,
bin *ich*, *Euer Leben*, auch dahin.
Mich, *Euer Leben*, werde ich
Euch zuliebe (nicht für mich!)
hegen und behüten.
Denn Euer Leib und Leben liegt,
das seh ich klar, allein in mir:
ein Leib, *ein* Leben, das sind wir.

Denkt möglichst viel an mich,
Isolde, Euren Leib.
Laßt mich in Euch mein Leben sehn,
sobald das wieder möglich ist,
und seht erst recht in mir das Eure;
Ihr führt das Leben von uns beiden.
Kommt her und gebt mir einen Kuß.
Tristan, Isolde, Ihr und ich,
wir beide sind zu aller Zeit
ein Wesen, ungeteilt.
Dieser Kuß soll Siegel sein:
Ich bin Euer, Ihr seid mein,
und dies getreu bis in den Tod –
*ein*Tristan*eine*Isolde!«
Als nun der Abschied besiegelt war,
begab sich Tristan auf die Reise,
voll Jammer und mit großem Leid.
Isolde, sein Leib, sein zweites Leben,
sie blieb zurück, mit großem Schmerz.
Die beiden Liebesspielgefährten
hatten sich noch nie zuvor
unter solcher Qual getrennt.

Tristan verläßt Cornwall, will seinen Schmerz durch Kriegsdienst betäuben, zieht in die Normandie, von dort nach Deutschland. Isoldes zweite Abschieds-Arie. Nach einem halben Jahr Söldnerdienst kehrt er nach Parmenien zurück. Rual und Floraite sind inzwischen gestorben – Abschied am Grab. Und er reitet zum Herzogtum Arundel, dort ist der Herzog bedrängt. Erfolgreich führt Tristan Krieg für ihn, gemeinsam mit Cahedin, dem Sohn des Herzogs. Danach begegnet er in der Burg von Carhaix der jungen Schwester Cahedins, sie heißt ebenfalls Isolde.

Cahedins Schwester Isolde,
die mit den weißen Händen,
die Blumenblüte der Lande,
sie war selbstbewußt und klug;
im Ansehn, in der Anerkennung
war sie von derart hohem Rang,
daß sie das ganze Land für sich
gewonnen hatte, und man rühmte
nichts andres als ihr großes Glück.
Als Tristan sah, wie schön sie war,
belebte das nur seinen Kummer;
der alte Schmerz in seinem Herzen,
der wurde wieder neu.
Sie erinnerte ihn lebhaft
an die andere Isolde,
die strahlende von Irland.
Und nur weil sie *Isolde* hieß –
wagte er den Blick auf sie,
so stimmte ihn ihr Name stets
so freudlos, derart traurig,
daß man dem Angesicht den Schmerz
in seinem Herzen ansehn konnte.
Jedoch, er liebte diesen Schmerz,
den hatte sein Gemüt sehr gern,
der schien ihm angenehm und süß,
es war ihm dieses Leiden lieb,
weil er sie so gerne sah.
Er sah sie gern aus diesem Grund:
ihm war die große Trauer,
die ihn *la blonde* verspüren ließ,
lieber als sonst jede Freude.
Isolde war sein Glück, sein Leid,
ja, Isolde, seine Verstörung,
sie tat ihm wohl, sie tat ihm weh.

Je mehr Isolde ihm das Herz
im Namen von Isolde brach,
desto lieber sah er nun Isolde.
Häufig sagte er zu sich:
»Ah, Dieu bénie! Wie sehr bin ich
verwirrt durch diesen Namen!
Er vermengt und er vermischt
Augenschein und Sinnestäuschung
meiner Blicke, meines Geistes.
Ich bin in tausend Nöten!
Dauernd klingt in meinen Ohren
Isoldes Lachen und ihr Scherzen,
doch wo sie ist, das weiß ich nicht.
Mein Auge, das Isolde sieht,
dasselbe sieht Isolde nicht!
Mir ist Isolde fern und nah.
Ich fürcht, ich bin zum zweiten Mal
ver-*isolde*-t worden!
Ich wähne, daß aus Cornwall
Arundel geworden ist
und aus Tintagel dies Carhaix
und Isolde aus *Isolde*.
Wenn jemand von dem Mädchen
wie von der Isolde spricht,
scheint mir, und zwar lebhaft,
Isolde sei zum Greifen nah.
Ich bin hier ganz verwirrt.
Wie kurios, was mir geschah:
ich wünsch mir schon so lange Zeit,
daß ich Isolde sehen kann;
nun bin ich, wo Isolde ist,
und bin doch gar nicht bei Isolde,
so nah mir auch Isolde ist.
Ich seh Isolde alle Tage

und seh sie nicht. Was ich beklage!
Isolde habe ich gefunden,
doch freilich nicht *la blonde*,
die liebreich lieblos zu mir ist.
Isolde ists, die mein Gemüt
auf den Gedanken brachte,
der mir das Herz zerdachte;
es ist Isolde von Arundel
und nicht Isolde *la belle* –
die sieht mein Auge leider nicht.
Doch was mein Auge künftig sieht,
was ihres Namens Siegel trägt,
dem werde ich zu jeder Zeit
die Neigung und die Liebe schenken,
dem lieben Namen Dank erstatten,
der mir so lang schon Wonne,
ein wonnevolles Leben schenkte.«
  Erwägungen von solcher Art
trug Tristan oft sich selber vor,
wenn er sein zartes Unheil sah,
Isolde aux mains blanches.
Sie entfachtentflammte sein Gemüt
mit jener glosenden Glut,
die ihm schließlich Tag und Nacht
im Herzen lag, doch abgedeckt.
Er dachte überhaupt nicht mehr
an Kriegsdienst oder Ritterkampf;
sein Herz und seine Sinne,
sie kannten nur noch Liebe
und ihren Zustand des Gemüts.
Er suchte den Gemütszustand
in kurioser Selbstverpflichtung:
er schrieb ihn seinem Denken vor,
er *wollte* Liebe, Liebeshoffnung

verspüren zum Isolde-Mädchen;
er wollte die Gemütsverfassung
ohne Zwang zur Liebe *zwingen*,
hoffend, daß die Sehnsuchtsbürde
durch sie dann etwas leichter würde.
Er warf ihr wiederholt
ganz verliebte Blicke zu,
richtete sie oft auf sie,
bis ihr überdeutlich wurde,
daß er sein Herz an sie verloren.
Sie hatte sich schon oft zuvor
Gedanken über ihn gemacht,
hat, wegen ihm, viel nachgedacht,
seit sie hörte, seit sie merkte,
daß er so reichlich Lob erhielt
am Hof und an den Herrensitzen –
seither schlug ihr Herz für ihn.
Als Tristan dann gelegentlich
seine Blicke auf sie warf,
um seine *chance* bei ihr zu prüfen,
da warf sie diesem Manne stets
derart verliebte Blicke zu,
daß er begann, zu überlegen,
mit welcher Art von Mitteln
er das Ziel erreichen könnte,
an dem sein schweres Herzeleid,
so gesehn, beendet würde.
Und er war darauf bedacht,
sie spät zu sehen oder früh –
wann immer das nur möglich war.

Cahedin fiel bald schon auf,
wie die sich mit Blicken folgten,
und er führte Tristan öfter

als bisher zu ihr,
schließlich hegte er die Hoffnung:
Stünd sie seinem Herzen nah,
so nähm er sie zur Frau und bliebe;
dann könnte er mit Tristans Hilfe
landesweit den Krieg beenden ...
Seine Schwester, die Isolde,
bat er mit Entschiedenheit,
sie möge *so* mit Tristan reden,
wie er für sie den Ton angebe;
und keinen weitren Schritt, den nicht
der Bruder wie der Vater wünscht ... !
Isolde kam der Bitte nach,
sie entsprach ganz ihrer Absicht:
sie ward noch freundlicher zu Tristan!
Gespräche und Gebärden – alles,
was Gedanken Schlingen legt,
was im Herzen Liebe weckt,
das ließ sie nun von allen Seiten,
auf jede Weise auf ihn wirken,
bis sie ihn wiederum entflammte,
so daß ihr Name, der bisher
in seinen Ohren liebleer klang,
von nun an lieblich für ihn schien.
Er hörte und er sah Isolde
viel lieber, als er das so wollte.
Genauso wirkte er auf sie:
sie sah ihn gerne, war ihm hold.
Er mochte sie, sie mochte ihn.
Und bald gelobten sie einander
Liebe und Verbundenheit;
und wirklich, sie bemühten sich
in dieser Hinsicht jederzeit –
soweit sichs schicklich machen ließ.

Tristan saß da eines Tages,
und es bedrängten ihn Gedanken
zur Hinterlassenschaft an Leid.
Im Herzen überdachte er
das viele Leid, so vielerlei,
das sein zweites Leben, Isolde,
la blonde, die Königin,
der Schlüssel seiner Liebe,
wegen ihm ertragen hatte,
und wie sie, trotz der Leiden,
treu zu ihm gehalten hatte.
Er nahm die Sache gar nicht leicht,
es machte ihm doch schwer zu schaffen,
daß er eine andre liebend
in sein Herz schloß, trotz Isolde,
ja, daß er dies nur *denken* konnte!
Leidend sagte er zu sich:
»Was mach ich Ungetreuer bloß?!
Todsicher weiß ich dies:
mein Herz, mein Leben, Isolde
(kopflos hab ich sie behandelt!)
die mag und liebt in dieser Welt
eigentlich nur mich allein,
und es wird ihr weiterhin
nichts mehr lieb sein außer mir,
und ich mag und lieb ein Leben,
das den Vergleich mit ihr nicht aushält.
Was hat mich auf den Kopf gestellt?!
Worauf hab ich mich eingelassen,
ich ungetreuer Tristan?!
Ich liebe *zwei* Isolden,
ich bin den *beiden* zugeneigt,
doch ist mein zweites Leben, Isolde,
nur *einem* Tristan zugeneigt.
Diese eine, sie will keinen

Tristan außer mir allein.
Doch ich umwerbe sehr
eine andere Isolde.
Weh dir, du verwirrter Mann,
du Tristan in der Irre!
Laß ab von diesem blinden Wahnsinn,
gib diesen Wahngedanken auf!«
Und er widerstand dem Wunsch,
er legte ab Gefühl und Liebe
für Isolde, dieses Mädchen.
Und doch, er gab ihr derart viele
Zeichen seiner Zärtlichkeit,
daß ihr seine Liebe
oft genug bewiesen schien.
Doch es verhielt sich völlig anders,
es kam so, wie es kommen mußte:
Isolde hatte der Isolde
gemüthaft Tristan weggenommen;
im Gemüt war Tristan
zum Liebes-Erbe heimgekehrt;
sein Herz, sein Kopf befaßte sich
nur noch mit dem alten Leid.

Jedoch, er zeigte höfisch Stil:
sah er diesem Mädchen an,
daß es schmerzliches Verlangen
in sich zu verspüren begann,
so gab er sich die größte Mühe,
ihr Erfreuliches zu bieten:
er erzählte bunte Geschichten,
er sang für sie, er schrieb für sie,
er trug ihr vor – bedachte alles,
was sie unterhalten konnte;
er suchte ihre Gesellschaft,

vertrieb ihr denn die Zeit,
zuweilen durch Gesang,
bisweilen durch sein Spiel.
Für viele Saiteninstrumente
erfand und komponierte Tristan
Weisen, Melodien von Liedern,
die seit damals sehr beliebt sind;
er komponierte zu der Zeit
Tristan, noble Liedmelodie,
die man in allen Ländern,
solange diese Welt besteht,
sehr schätzen wird, sehr lieben!
Häufig, oft geschah auch dies:
saß der ganze Hof beisammen,
er, Isolde, Cahedin,
der Herzog und die Herzogin,
hohe Damen und *barons*,
so erfand er *chants*,
höfische Liedchen, kleine *rondeaux*
und sang als Kehrreim stets dazu:
»Isolde m'aimée, Isolde m'amie,
en vous ma mort, en vous ma vie.«
Und weil er dies so gerne sang,
war ihrer aller Meinung,
ja, man war hier überzeugt,
er dächte hier an *ihre* Isolde;
darüber freuten sie sich sehr,
doch es freute keinen mehr
als den Gefährten Cahedin.
Der führte ihn nach draußen, drinnen,
und bot ihm jedesmal den Platz
neben seiner Schwester an.
Ihr Herz erfreute sich an ihm;
sie nahm sich seiner wieder an,

war weiterhin um ihn bemüht.
Die hellen Augen, der Verstand,
sie wirkten weiter auf ihn ein.
Das schwache Bild Jungfräulichkeit
kehrte hier gelegentlich
der Keuschheit und dem Anstand
offnen Augs den Rücken zu:
öfter (und dies öffentlich!)
legte sie die Hände in die seinen –
doch so, als täte sie dies nur
ihrem Bruder zu Gefallen.
Was immer er dabei auch hoffte –
sie hatte ihre Freude dran . . .
Das Mädchen zeigte sich dem Mann
von der besten, schönsten Seite,
sanft lächelnd, freundlich lachend,
plaudernd und causierend,
schmeichelnd, kokettierend,
bis sie ihn erneut entflammte
und er zum zweiten Mal begann,
in Gedanken, im Gemüt
wankend zu werden in der Liebe;
er schwankte, ob er bei Isolde
wollte oder doch nicht wollte.
Freilich setzte es ihm zu,
wenn sie so liebreich zu ihm war,
er stellte häufig sich die Frage:
»Will ich oder will ich nicht?!
Ich glaube: nein. Ich glaube: ja.«
  Doch schon war TREUE wieder da:
»Herr Tristan, nein! Besinne dich
auf deine treue Liebe zu Isolde,
denk mit aller Kraft
an deine liebe, treue Isolde,
die nicht mal fußbreit von dir wich!«

Schon war er, auf der Stelle,
von den Gedanken abgebracht,
ihn erfaßte solche Wehmut
aus Liebe zu Isolde,
seiner Herzens-Königin,
daß er Gebärden und Verhalten
sogleich von Grund auf änderte,
so daß er, wo er nun auch war,
nichts anderes als Trauer zeigte.
Doch kam er wieder zu Isolde,
und er setzte das Gespräch fort,
so vergaß er ganz sich selbst,
saß bei ihr und seufzte ständig.
Sein geheimgehaltnes Leid,
es wurde derart offenkundig,
daß der ganze Hofstaat meinte,
nur Isolde sei der Grund
für seinen Kummer, seine Trauer.
Damit hatten sie auch recht:
Tristans Trauer und sein Leid,
dies lag einzig bei Isolde.
Isolde war sein ganzes Unglück –
doch war es überhaupt nicht *sie*,
die sie alle dafür hielten,
sie mit ihren weißen Händen –
es war *Isolde la belle*,
nicht die aus Arundel.
Doch damals glaubten sie das alle.
Dies glaubte auch Isolde selber;
so führte sie das in die Irre.
Zu keiner Zeit verspürte Tristan
eine derart starke Sehnsucht
nach einer seiner Isolden,
daß *sie* sich nicht noch stärker sehnte!
Die zwei verbrachten ihre Zeit

mit Leid, das nicht gemeinsam war.
Es sehnten sich die beiden,
es spürten diese zwei auch Schmerz,
doch stimmte das nicht überein.
Ihre Neigung, ihre Liebe,
sie waren keineswegs gemeinsam.
Tristan und das Mädchen Isolde,
sie gingen nicht in einer Spur
von Liebe, die gemeinsam war:
Tristan wollte, um zu leiden,
eine andere Isolde,
jedoch Isolde wollte
keinen andren Tristan;
die mit den weißen Händen,
sie mochte und sie liebte ihn,
sie war bei ihm mit Herz und Kopf.
Sein Liebeskummer tat ihr weh.
Wenn sie ihn gelegentlich
im Gesicht erblassen sah,
und er dabei auch noch
tief zu seufzen begann,
so schaute sie ihn innig an
und seufzte mit ihm auf.
Als wahre Freundin trug sie
mit ihm an seiner Trauer,
obwohl sie ihr doch gar nicht galt.
Sein Leiden quälte sie so sehr,
daß ihn das wegen ihr noch mehr
bedrückte als mit Blick auf sich.
Die Neigung, Güte, die sie ihm
liebend treu entgegenbrachte,
die stimmte ihn sehr traurig.
Es war ihm zum Erbarmen,
daß sie ihr Gefühl umsonst

der Liebe nur zu *ihm* gewidmet,
als sie, vergeblich hoffend,
ihr Herz an ihn gehängt.

Jedoch, er zeigte höfisch Stil
und gab sich ständig alle Mühe,
sie mit Gesten und Gesprächen
(so unterhaltsam wie nur möglich)
aus dem Zustand ihres Leids
liebevoll herauszuholen,
doch war sie schon in dieses Leid
zu weit, zu tief hineingeraten.
Doch je mehr er sich bemühte,
je mehr er von sich forderte,
desto mehr entflammte er
(und dies von Stund zu Stunde)
das Mädchen Isolde,
bis es schließlich so weit war,
daß die LIEBE sie besiegte
und sie ihm nun derart oft
durch Gesten, Wörter, Blicke
ihre Zärtlichkeit erwies,
daß er bereits zum dritten Male
seiner Zweifelsqual verfiel
und das Schifflein seines Herzens
anfing, ohne Leitgedanken
zu treiben und zu schwanken.
Was ja auch kein Wunder war ...
Denn die Verlockung, die dem Mann
immer, immerzu (weiß Gott!)
lächelnd im Gesichtskreis liegt,
die blendet Augen und Verstand,
zieht stets das Herz zu sich heran.

Liebende, sie können hier
aus dem Erzählten folgern,
daß man viel leichter fernes Leid
erträgt in Liebe aus der Ferne,
als der Liebe nah zu sein,
doch ohne Nähe einer Liebe.
Wahrhaftig, ja, soweit ichs sehe:
liebste Liebe kann man leichter
fern entbehren, fern begehren
als nah begehren, nah entbehren.
Man löst sich eher von der fernen Liebe,
als sich der nahen zu enthalten.
Hier verhedderte sich Tristan ...
Er begehrte die entfernte Liebe,
litt großes Ungemach um sie,
die er nicht hörte und nicht sah,
und hielt sich von der Nahen fern,
die er so oft vor Augen hatte.
Zu jeder Zeit begehrte er
die leuchtende, *la blonde*
Isolde von Irland und entzog sich
der mit den weißen Händen,
dem stolzen Mädchen von Carhaix;
nach jener quälte er sich ab,
von der hier hielt er sich zurück.
So irrte er von beiden ab;
er wollte, und er wollte nicht
Isolde und Isolde;
diese floh und jene suchte er.
Das Mädchen Isolde hatte ihm
Sehnsucht, Liebe, Offenheit
geschenkt in schöner Einfalt;
sie wollte den, der Abstand hielt,
sie jagte den, der vor ihr floh.

Er war dran schuld: sie war getäuscht.
Mit diesem Doppelspiel der Augen
und der Zunge hatte ihr
Tristan so viel vorgemacht,
daß sie sich seines Herzens
und Kopfes völlig sicher wähnte.
Von allen Doppeldeutigkeiten,
die Tristan sich bei ihr erlaubte,
war dies die allergrößte,
die das Herz am meisten zwang,
sich in Tristan zu verlieben –
daß er dies so gerne sang:
»Isolde m'aimée, Isolde m'amie,
en vous ma mort, en vous ma vie.«
Es lockte dies ihr Herz zu ihm,
dies erweckte ihre Liebe.
Sie machte sich den Vers zu eigen
und folgte ihm auf seiner Flucht
mit derart großer Zärtlichkeit,
daß sie ihn (zum vierten Mal)
mit Liebe fing auf seiner Flucht
und ihn zu sich herüberzog,
so daß er ihr erneut verfiel
und nun wieder Tag und Nacht
über sich, sein ganzes Leben
nachsann und ins Grübeln kam
und voller Angst sinnierte:
»Ach Gott, wie brachte mich
die Liebe durcheinander . . . !
Dies Glück, das mich so sehr verstört,
das mir Verstand und Leben raubt,
das mich so sehr belastet –
soll mir dies auf Erden
je gelindert werden,

so geht das nur mit *neuer* Liebe.
Ich habe schließlich oft gelesen
und weiß auch selbst, daß eine Liebe
die Kraft der andren Liebe raubt.
Des Rheines Strömen, seine Strömung:
dies ist nirgendwo so stark,
daß mit diversen Wasserläufen
nicht *so*viel wegzuleiten wäre,
daß er sich beinah ganz verströmt
und nur geringe Kraft behält:
so kann der riesengroße Rhein
zu winzig kleinem Rinnsal werden.
Auch hat kein Feuer solche Kraft
(sofern man folgendes nur will!),
daß man es nicht zerteilen kann
in diverse Feuerchen,
bis es schließlich nur noch flackert.
So ists mit einem, der da liebt,
der treibt ein Spiel, das ähnlich ist:
Der kann sein strömendes Gefühl
auch so oft, so sehr zerleiten
in diverse Wasserläufe,
kann liebendes Gemüt nach hier,
nach dort zerteilen und verteilen,
bis es schließlich derart schwach wird,
daß es nicht mehr schaden kann.
So kann es auch für mich gut enden,
wenn ich meine Neigung, Liebe
an mehr als nur die *eine* Frau
verteile – und verströmen lasse.
Richt ich meine Sinne
auf mehr als nur die *eine* Liebe,
so werde ich dadurch wahrscheinlich
ein trauerloser Tristan werden ...

Ich will das gleich einmal versuchen;
wenn mir Fortuna gnädig ist,
so wird es Zeit für den Beginn,
denn meine Treue, meine Liebe,
die ich verspür für meine Herrin,
sie kann mir nicht von Vorteil sein,
sie zehrt von Herz und Leben,
indes sie mir für Leib und Leben
Erfüllung doch nicht schenken kann.
Diesen Kummer, dieses Leid
erdulde ich doch ganz umsonst!
Ah, schöne *amie*, liebe Isolde,
unser eines Leben ist
allzu deutlich aufgeteilt.
Es ist nicht mehr wie früher,
als wir *ein* Wohl, *ein* Weh,
ein Glück, *ein* Leid
zu zweit erlebten und gemeinsam.
Nun ist das leider nicht mehr so,
nun bin ich traurig, Ihr seid froh.
Meine Sinne, sie begehren
sehr, mit Euch zu lieben,
doch Eure Sinne, fürchte ich,
begehren mich nur schwach.
Ach, die Lust, der ich für Euch
entsage, ach, die stillt Ihr,
sooft Ihr das nur wünscht –
schließlich seid Ihr ja gepaart!
Marke, Euer Ehemann, und Ihr,
stets seid Ihr als Paar zu Hause!
Doch ich bin einsam in der Fremde!
Ich fürchte, daß ich nie mehr wieder
Erfüllung bei Euch finden werde,
und dennoch komme ich nie mehr

in meinem Herzen von Euch los.
Was habt Ihr mich von mir geraubt,
wo Ihr mich doch kaum begehrt,
ja, mich in Zukunft leicht entbehrt?
Ah, schöne Königin Isolde,
mit wieviel und wie vielem Leid
vergeht mein Leben so mit Euch,
und doch bin ich es Euch nicht wert,
einen Boten herzuschicken,
der nach meinem Leben fragt . . .!
Zu mir zu schicken . . .? Ach, was red ich!
Wohin bloß sollte sie den schicken,
um zu erfahren, wie ich lebe?
Ich habe mich dem Spiel der Winde
schon derart lange ausgeliefert,
wie soll man mich noch finden können?
Ich seh hier keine Möglichkeit!
Sucht man dort, so bin ich hier,
sucht man hier, so bin ich dort.
Wie und wo bin ich zu finden?
Wo man mich findet . . .? Wo ich bin!
Die Länder laufen doch nicht weg!
Ich bin in einem dieser Länder –
hier soll man denn auch Tristan finden!
Ja, wenn nur einer dies begänne,
der müßte suchen, bis er fände.
Wer einen Reisenden suchen will,
dem ist kein festes Ziel
für seine Suche vorgegeben,
der muß sich auf Gedeih, Verderb
für sein Bemühn die Richtung suchen,
falls er was erreichen will.
Die Herrin, die mein Leben führt,
bei Gott, sie hätte doch schon längst

diskret erkunden lassen können,
dies in Cornwall wie in England,
in der France, der Normandie,
in meinem Heimatland Parmenien
und wo sonst immer, laut Gerücht,
ihr Liebster, Tristan, sei – dies wäre
längst schon alles abgesucht,
wäre ihr an mir gelegen!
Doch legt nur wenig Wert auf mich,
die ich mag und die ich liebe –
weit mehr als Leib und Seele!
Für *sie* nur meid ich andre Frauen,
doch ich selbst soll sie entbehren.
Ich kann von ihr nicht das begehren,
was mir in dieser Welt Beglückung
schenken sollte, Glück im Leben.«

Und hier bricht Gottfrieds Versroman ab. Das Jahr des Verstummens: etwa 1210. Nur zwanzig oder fünfundzwanzig Jahre später beginnt Ulrich von Türheim mit der Fortsetzung des Romans. Zu Beginn seiner Ergänzung beklagt er, daß Gottfried gestorben sei, bevor er sein Werk habe vollenden können.

Was Ulrich erzählt, hätte Gottfried wohl kaum in identischen Details erzählt, aber die Handlungslinien waren vorgegeben. Und für das Mittelalter gehörten Gottfrieds Romanfragment und Ulrichs Fortsetzungsgeschichte zusammen, das bezeugen Handschriften. So soll die Geschichte der Liebe von Tristan und Isolde denn auch nach Ulrichs Fortsetzung weiterskizziert werden.

Tristan, in Gedanken und Gefühlen bei der schönen doch fernen Isolde in Irland, er trifft eine Entscheidung, bittet den Herzog und die Herzogin von Karke (Carhaix) um die Hand ihrer Tochter Isolde. Die Hochzeit findet statt. Doch es kommt nicht zum Vollzug der Ehe; Isolde fühlt sich erst rücksichtsvoll behandelt, aber nach einiger Zeit fragt sie ihn, warum er Distanz zu ihr halte. Tristan erzählt eine siebte Lügengeschichte: Ein Gelöbnis, für die Dauer eines Jahres ... Isolde zeigt Verständnis, Nachsicht, findet sich damit ab, will darüber schweigen. Doch ein Jagdausflug der Herzogsfamilie bringt es an den Tag: Isoldes Pferd durchquert eine Wassermulde, einige Spritzer unter Isoldes Kleid, und sie sagt im Selbstgespräch, dieses Wasser sei mutiger als Tristan. Ihr Bruder hört das, insistiert mit Fragen, erfährt, daß sie noch Jungfrau ist. Im Auftrag der Eltern nimmt er Rücksprache mit Tristan, und der erklärt ihm, daß er Isolde von Irland noch immer liebe, er sieht in ihr die schönste aller Frauen. Das will Cahedin erst glauben, wenn er dies mit eigenen Augen sieht. Zu diesem Zeitpunkt spielt ein Reh den Briefträger und überbringt Tristan im Wald einen Liebesbrief und den Ring der Isolde von Irland. Die beiden jungen Männer wollen nach Irland reisen. Der Herzog nimmt ihnen das Versprechen ab, daß sie zurückkehren werden, stattet sie, nach erstem Widerstreben, standesgemäß aus. Isolde Weißhand nimmt Abschied von Tristan, verständnisvoll, obwohl sie weiß, daß er zu einer anderen Frau reist. Es zeigt sich: sie liebt ihn, trotz allem.

Tristan und Cahedin reisen nach Irland. Gespräch mit einem Thynas, der von Gottfried nicht erwähnt wird, der aber mitgeholfen haben soll bei der Vermittlung zwischen Tristan und Isolde: so ganz klappt es nicht mit der Koordination zwischen Fragment und Fortsetzung. Doch selbst auf diesem Weg: Isolde erreicht die Nachricht, daß Tristan wieder im Land ist. Die beiden jungen Männer verstecken sich in einer Dornbuschhecke, lassen den Hofstaat an sich vorbeireiten – bei jeder schönen

Frau ist Cahedin sicher, dies sei Isolde, aber die Schönheit wird immer weiter gesteigert, bis schließlich die irische Sonne aufgeht, alles mit ihrem Glanz überstrahlend. Isolde erweist sich wieder einmal als listig, als listenreich, sie arrangiert ein Treffen mit Tristan, in einem Zelt. Die Begegnung der beiden Liebenden wird kontrastiert durch eine Buffopartie, wie in späteren Opern: Cahedin will auch eine Frau, wählt eine aus, aber die möchte nicht mit dem Besucher schlafen, so versetzt sie ihn mit einem Zauberkissen in tiefen Schlaf. Für Tristan und Isolde aber wird dies die Liebesnacht aller Liebesnächte.

Tristan gelingt, gemeinsam mit Cahedin, die Flucht aus Irland. Auf Liebe fixiert, läßt sich Tristan von Liebe erzählen: auch Cahedin liebt. Freilich ist seine Herzensdame vom eifersüchtigen Ehemann hinter dreifachem Mauerring eingesperrt, wenn er (was häufig geschieht) ausreitet, um zu jagen. Tristan, glückserfüllt, will auch Cahedin zum Glück verhelfen, er befiehlt Kursänderung, sie fahren zum Land der Dame Casie. Wie von Tristan vorgeschlagen, entwendet sie ihrem Mann die drei Schlüssel, stellt Wachsabdrücke her; mit den Nachschlüsseln besucht Cahedin sie, als ihr Mann wieder auf Jagd ist. Liebeserfüllung nun auch für Cahedin. Doch damit nähert sich das Unglück: der Ehemann kehrt verfrüht zurück, holt die Freunde ein, es kommt zum Kampf. Cahedin fällt. Tristan tötet den Ehemann, wird von weiteren Männern attackiert, wird mit einer vergifteten Lanzenspitze verwundet, wird nach Carhaix zurückgebracht. Tristan weiß, daß nur Isolde la blonde die Vergiftung heilen kann – sie hat die Arztkunst offenbar von ihrer Mutter übernommen. Ein Kaufmann wird als Bote nach Irland geschickt, und es wird mit ihm ausgemacht: ist Isolde auf dem Rückweg mit an Bord, so wird ein weißes Segel gesetzt; kommt sie nicht mit, wird ein schwarzes Segel gehißt. Isolde Weißhand, die enttäuschte Ehefrau, sieht auf dem Meer das weiße Segel, meldet Tristan, es sei schwarz. Da wendet er sein Gesicht zur Wand und stirbt. Isolde von Irland trifft ein: kurze Auseinandersetzung zwischen den beiden Frauen. Isolde, la blonde von Irland, stirbt an Tristans Totenbahre den Liebestod. Marke läßt Isolde und Tristan nebeneinander im Hauskloster begraben, setzt auf das Grab seiner Frau einen Weinstock, auf Tristans Grab einen Rosenstock. Und Rebe und Rose verflechten sich: das über den Tod hinaus fortgesetzte Wunder einer leidenschaftlichen Liebe.

Zu dieser Ausgabe

Die Zusammenstellung dieser Textsequenzen folgt:

> Dieter Kühn: Tristan und Isolde des Gottfried von Straßburg. Ulrich von Türheim, Tristan, Eine Fortsetzung. Mitarbeit: Lambertus Okken. Frankfurt a. M. / Leipzig: Insel Verlag, 1991.

In diesem vergriffenen Buch gibt es einige notwendige Anmerkungen zu meiner Übertragung, auch zu Gottfrieds zuweilen sehr eigenwilligen Wortbildungen, die ihre Entsprechungen im Neuhochdeutschen finden müssen. Dazu, einleitend, eine biographische Rekonstruktion und bibliographische Angaben.

Ich habe meine Zusammenstellung der Erzählsequenzen für diese Neuausgabe überarbeitet, vor allem metrisch. Ich habe dabei versucht, mich noch näher an den Text der mittelhochdeutschen Vorlage heranzuarbeiten. Ansätze zu interpretierenden Formulierungen habe ich zurückgenommen. Die revidierte Übertragung versucht noch mehr von der Klangfülle des Originals wiederzugeben.

D. K.

Deutsche Literatur des Mittelalters

IN RECLAMS UNIVERSAL-BIBLIOTHEK

Das Annolied. Mhd./Nhd. 192 S. 4 Abb. UB 1416

Deutsche Gedichte des Mittelalters. Mhd./Nhd. 607 S. UB 8849

Deutscher Minnesang (1150–1300). Mhd./Nhd. 174 S. UB 7857

Fastnachtspiele des 15. und 16. Jahrhunderts. 464 S. 9 Abb. UB 9415

Frauenlieder des Mittelalters. Zweispr. 309 S. UB 8630

Früheste deutsche Lieddichtung. Mhd./Nhd. 272 S. UB 18388

Frühmittelhochdeutsche Literatur. Mhd./Nhd. 295 S. UB 9438

Germanische Göttersagen. 208 S. UB 8750

Germanische Heldensagen. 356 S. UB 8751

Gottfried von Straßburg: Tristan. Mhd./Nhd. Bd. 1: Text. Verse 1–9982. 595 S. 10 Abb. UB 4471 – Bd. 2: Text. Verse 9983–19548. 590 S. 11 Abb. UB 4472 – Bd. 3: Kommentar, Nachwort und Register. 390 S. UB 4473

Hartmann von Aue: Der arme Heinrich. Mhd./Nhd. 134 S. UB 456 – Gregorius, der gute Sünder. Mhd./Nhd. 256 S. UB 1787

Heinrich der Glîchezâre: Reinhart Fuchs. Mhd./Nhd. 184 S. UB 9819

Heinrich von Morungen: Lieder. Mhd./Nhd. 248 S. UB 9797

Heinrich von Veldeke: Eneasroman. Mhd./Nhd. 895 S. UB 8303

Herzog Ernst. Mhd./Nhd. 429 S. UB 8352

Johannes von Tepl: Der Ackermann. Frühnhd./Nhd. 181 S. UB 18075

Kleine mittelhochdeutsche Verserzählungen. Mhd./Nhd. 336 S. UB 18431

König Artus und seine Tafelrunde. Europ. Dichtung des Mittelalters. 760 S. UB 9945

König Rother. Mhd./Nhd. 485 S. UB 18047

Konrad von Würzburg: Heinrich von Kempten. Der Welt Lohn. Das Herzmaere. Mhd./Nhd. 167 S. UB 2855

Kudrun. 360 S. UB 466

Mauricius von Craûn. Mhd./Nhd. 244 S. UB 8796

Meister Eckhart: Deutsche Predigten. Mhd./Nhd. 224 S. UB 18117

Mystische Texte des Mittelalters. 405 S. UB 8456

Neidhart von Reuental: Lieder. Auswahl. Mit den Noten zu neun Liedern. Mhd./Nhd. 134 S. UB 6927

Das Nibelungenlied. 408 S. UB 642

Das Nibelungenlied. Eine Auswahl. 108 S. UB 18081

Das Nibelungenlied. Mhd./Nhd. 1019 S. UB 644 – auch geb.

Otfrid von Weissenburg: Evangelienbuch. Auswahl. Ahd./Nhd. 272 S. UB 8384

Das Redentiner Osterspiel. Mnd./Nhd. 293 S. UB 9744

Reineke Fuchs. Das niederdt. Epos »Reynke de Vos« von 1498. 295 S. 40 Holzschn. d. Originals. UB 8768

Reinmar: Lieder. Nach der Weingartner Liederhandschrift (B). Mhd./Nhd. 408 S. UB 8318

Das Rolandslied des Pfaffen Konrad. Mhd./Nhd. 823 S. UB 2745

Sachsenspiegel. Landrecht und Lehnrecht. 267 S. UB 3355

Der Stricker: Erzählungen, Fabeln, Reden. Mhd./Nhd. 279 S. UB 8797 – Der Pfaffe Amis. Mhd./Nhd. 206 S. UB 658

Tagelieder des deutschen Mittelalters. Mhd./Nhd. 308 S. UB 8831

Thüring von Ringoltingen: Melusine. 176 S. 22 Holzschn. UB 1484

Ulrich von Liechtenstein: Das Frauenbuch. 240 S. UB 18250

Walther von der Vogelweide: Werke. Mhd./Nhd. Bd. 1: Spruchlyrik. 526 S. UB 819 – Bd. 2: Liedlyrik. 832 S. UB 820

Wernher der Gärtner: Helmbrecht. Mhd./Nhd. 216 S. UB 9498 – Meier Helmbrecht. 64 S. UB 1188

Heinrich Wittenwiler: Der Ring. Frühnhd./Nhd. 696 S. UB 8749

Wolfram von Eschenbach: Parzival. Mhd./Nhd. Bd. 1: Bücher 1–8. 736 S. UB 3681 – Bd. 2: Bücher 9–16. 704 S. UB 3682 – Parzival. Auswahl. 168 S. UB 7451

Philipp Reclam jun. Stuttgart

Dieter Kühn

Tristan und Isolde des Gottfried von Straßburg

Band 15499

Gottfried erzählt von Tristan, dem Panzerreiter, und dessen leidenschaftlicher Liebe zu Isolde, der jungen Frau seines Onkels; erzählt von Ehebruch, Eifersucht, Selbstbetrug, von Entfremdung, Versöhnung und Trennung. Dieter Kühn hat den grandiosen Versroman vollständig in heutiges Deutsch übertragen. Mit unvergleichlicher Formulierungskunst erschließt er Leserinnen und Lesern den Reichtum des mittelalterlichen Werks. Einleitend unternimmt Kühn einen Zeitsprung in das Straßburg des 13. Jahrhunderts, in dem Gottfried lebte und dichtete. Mit großer Erzählfreude eröffnet Dieter Kühn einen ganz neuen Zugang zur Welt des Mittelalters und zur Literatur dieser Epoche. Er berichtet über das alltägliche Leben zu Gottfrieds Zeit und spürt den Geschichten nach, die Könige, Mönche, Händler und Handwerker sich erzählten. Und er lädt dazu ein, eine junge Frau, die Gottfrieds Liebesroman an den Fürstenhof nach Kraków holen soll, auf ihrer Reise von der Weichsel an den Oberrhein zu begleiten. Mit diesem einzigartigen Vor-Buch und der Tristan-Übertragung erweitert Dieter Kühn nun seine berühmte Trilogie des Mittelalters (»Der Parzival des Wolfram von Eschenbach«, »Neidhart und das Reuental« und »Ich Wolkenstein«) zum Mittelalter-Quartett.

»Dieter Kühn hat Gottfrieds Tristan kongenial übersetzt.«
Johannes Saltzwedel, Frankfurter Allgemeine Zeitung

Fischer Taschenbuch Verlag